PADRÃO 20
A AMEAÇA DO ESPAÇO-TEMPO

Simone Saueressig

PADRÃO 20
A AMEAÇA DO ESPAÇO-TEMPO

Edições BesouroBox
1ª edição / Porto Alegre-RS / 2014

Coordenação editorial: Elaine Maritza da Silveira
Capa, projeto gráfico e ilustrações: Marco Cena
Revisão: Carla Araujo
Produção editorial: Bruna Dali e Maitê Cena
Produção gráfica: André Luis Alt

Dados Internacionais de Catalogação na Publicação (CIP)

S259p   Saueressig, Simone
        Padrão 20: A ameaça do espaço-tempo. / Simone Saueressig. – Porto Alegre: BesouroBox, 2014.
        160 p.: il.; 14 x 21 cm

        ISBN: 978-85-99275-81-8

        1. Literatura infantojuvenil. 2. Ficção. I. Título.

CDU 82-93

Bibliotecária responsável Kátia Rosi Possobon CRB10/1782

Direitos de Publicação: © 2014 Edições BesouroBox Ltda.
Copyright © Simone Sauressig 2014.

Todos os direitos desta edição reservados à
Edições BesouroBox Ltda.
Rua Brito Peixoto, 224 - CEP: 91030-400
Passo D'Areia - Porto Alegre - RS
Fone: (51) 3337.5620
www.besourobox.com.br

Impresso no Brasil
Janeiro de 2014

1. O PARQUE JURÁSSICO.....7
2. OS HOMENS DE CINZA.....16
3. O PASSA-PAREDES.....20
4. MONTE CASTELO.....33
5. UM MUSEU DE VELHAS NOVIDADES.....45
6. A TORRE DE BABEL.....52
7. EPIMETEU.....59
8. O RESTAURANTE DO FIM DO UNIVERSO.....69
9. O CAIR DA NOITE.....83
10. FUGA PARA PARTE ALGUMA.....94
11. ESCURIDÃO.....102
12. ALGUMA COISA NO CÉU.....111
13. A NOITE DE VERÃO.....122
14. A ÉTICA DA TRAIÇÃO.....131
15. HORIZONTE DE EVENTOS.....142
16. PERDIDOS NO ESPAÇO.....147
17. A MANHÃ VERDE.....154

1. O Parque Jurássico[1]

Maria do Céu fechou atrás de si o portãozinho do número 12 da *Avenue Godefroy* e olhou para os dois lados da rua com um sorriso. Direita, ou esquerda? Tanto fazia. Decidiu ir até a *Gare dês Aux Vives* e tomar um café por lá. Adorava os prédios que ficavam diante da velha estação e a manhã ensolarada convidava a um passeio. "O último das férias", pensou. No dia seguinte voltaria para o Brasil, para o inverno chato e úmido do sul e para as provas do segundo semestre.

"É melhor parar de pensar nisso", ela ralhou consigo mesma. Andou sem muita pressa, e dobrou na *Rue de Savole*, desembocando no cruzamento com a *Route de Chêne*. Uma vez lá, tomou um daqueles bondes elétricos

---

1 *Jurassic Park*, Michael Crichton, 1990.

Padrão 20: a ameaça do espaço-tempo

charmosos e, mudando totalmente de ideia, foi até o canal para ver pela última vez a *Ile Rousseau*, o arco-íris do jato d'água do Lago Laman e as montanhas. Fazia um dia excepcionalmente bonito e quente, mesmo para os padrões da brasileira.

As férias tinham sido um completo sucesso. Naqueles poucos dias, Maria tinha passeado e se encantado com os jardins, os museus, a *Vieille Ville*, o bairro velho com seus cafés, a silhueta branca e majestosa do Mont Blanc, e a riqueza a cidade. Apesar de todos os chocolates, *capuccinos* e *foundues*, tinha certeza de que diminuíra um bom par de quilos, só por conta das caminhadas. O tênis que tinha trazido estava detonado e ela gastara muito mais do que imaginara em um par simples em uma loja da *Rue du Marché*.

Maria do Céu viera para Genebra com a mãe, e Genebra era uma cidade rica, cheia de vida, com tantas referências culturais e políticas, que à noite, quando deitava a cabeça no travesseiro, mal conseguia dar conta de tudo o que vira durante o dia. Era como comer demais, mas em vez de encher o estômago, tinha enchido os olhos e os ouvidos. Os relógios *Rolex* eram produzidos ali. Chocolate *Favarger* de verdade. Se muitas vezes ficara constrangida ao pedir um café em inglês, porque sabia que seu sotaque era terrível, também se surpreendera ao encontrar muita gente que falava português fluente. Às vezes, o idioma parecia estranho aos seus ouvidos, porque era o português falado em Portugal, mas outras vezes tinha o sotaque do

Brasil. Marko, um amigo de sua mãe, que acompanhara as duas em alguns passeios, explicou que havia grandes colônias de portugueses e brasileiros na cidade. Mesmo assim, Maria do Céu gostaria de arranhar alguma coisa de francês e mesmo romanche, dois dos quatro idiomas oficiais do país. Mesmo com a simpatia das pessoas, às vezes ficava muito sem jeito. Todo mundo era muito educado por lá.

Ela estava pensando em tudo isso, sentada no bonde, olhando para as paredes que passavam por ela, lamentando as paredes e os muros pichados. "Nem todo mundo é tão educado", pensou. "Aqui eles também não escapam dos rabiscos". Em todo o caso, ela sabia que estava hospedada na parte menos sofisticada da cidade.

Desceu no ponto mais próximo do canal e caminhou sem rumo. No balanço geral, Genebra havia lhe proporcionado dias inesquecíveis: a catedral a tinha deixado de boca aberta. Passara horas no entorno da *Place de Neuve* e nos jardins da Universidade. Assistira a uma ópera, *Turandot*, e mesmo não entendendo patavina, chorara no *Nessum Dorma* como se fosse o final da novela das seis. Museus, obras de arte, passeios, os Alpes com sua crista branca de um lado e o Jura do outro, e sua mãe mostrando a cidade que amava tanto, com carinho e entuasiasmo. Depois, há três dias, o telefonema da firma pedindo que a mulher voltasse urgente para resolver alguns problemas na linha de produção. Lourdes insistira com a filha para que ficasse aqueles últimos dias, aproveitando as férias até o final, e providenciara os papéis para que fizesse a viagem sozinha, com aquela competência que tinha lhe valido uma promoção na fábrica de carros onde trabalhava. O aluguel do quarto estava pago, a senhoria da casa falava inglês suficientemente para que ambas se entendessem e, para dizer a verdade, quanto mais pudesse curtir, melhor.

A viagem fora planejada porque a mãe ganhara algum dinheiro depois do divórcio. Ao invés de investir em uma plástica, como tinham feito muitas de suas amigas, ou num carro novo, como sua cunhada, Lourdes resolvera dar à filha um vislumbre do que era a cidade onde passava pelo menos duas semanas, todos os anos, durante o Salão do Automóvel, fechando contratos para a empresa onde trabalhava. O dinheiro não era exagerado e ela não queria gastar tudo com estadia, por isso tinham ficado na casa onde Lourdes costumava ficar sempre, o que caíra como uma luva para Maria do Céu. Ela teria detestado se hospedar num hotel daqueles pelos quais tinham passado, onde as pessoas precisam ter pelo menos três mudas de roupas todos os dias, e devem andar com o nariz no teto – ou pelo menos era isso que ela pensava, intimidada com tanta riqueza. Hanna, a senhoria da casa onde ficaram, era uma viúva alegre e gordinha, de olhos azuis e cabelos louros. Lourdes jurava que ela não pintava, mas Maria do Céu tinha lá suas dúvidas. Um tom dourado daqueles, natural? Era difícil de crer que houvesse gente no mundo com tanta sorte! Maria teria feito quase qualquer negócio para trocar suas ondas castanhas e corriqueiras por aqueles fios de ouro lisos e magníficos! Ou se pudesse ter olhos azuis como aqueles, no lugar dos castanhos que brilhavam no seu rosto claro e sardento. Aliás, pensando bem, Hanna tinha muitas coisas de que Céu gostava, roupas coloridas, muita energia, muita vontade de viver. A brasileira só não trocaria o seu sossego pelo namorado de Hanna. Roger (*Rogêr*, dizia Hanna com uma risada, acentuando o "e"), era um jardineiro bonachão e alegre, que aparecia uma vez por dia, no mínimo, para conversar e tomar uma cerveja. Os dois eram ruidosos e divertidos; de vez em quando, discutiam a altos brados e, aparentemente, torciam para times distintos. Em todo o caso, não se largavam.

– Chegam a dar nos nervos – reclamara Maria para a mãe, que se limitara a sorrir.

Também era nisso que pensava enquanto admirava um barco e sentia uma pontada de fome. Pudera, com o cheiro de café que emanava de um *pub* ali perto... Atravessou a avenida, lembrando a visita que tinham feito ao castelo aquele, um "chatô" qualquer coisa, às margens do Lago Leman. "Divô, pivô, algo assim", pensou, sem conseguir lembrar o nome do *Château d'Yvoire*. Aliás, Yvoire tinha sido o melhor passeio da viagem! Maria jamais estivera antes em uma cidadezinha tão pequena, jamais se sentira tão cercada de flores, tão agasalhada e bem vinda. O pórtico principal onde tinham passado a pé, então, só perdera para o castelo em si mesmo. Era como estar em um filme de princesas e guerreiros medievais.

Era nisso em que pensava enquanto chegava ao outro lado da rua: no café que ia tomar, na visita à Yvoire, nas fotos, na última manhã das férias. E por isso só se deu conta da gritaria quando a coisa toda estava praticamente em cima dela. Sobretudo o barulho, aquele ronco.

O rugido.

O primeiro que lhe chamou a atenção para o fato de que havia alguma coisa muito, mas muito, errada, foi uma mulher que passou por ela correndo, pálida, espiando sobre os ombros com os olhos arregalados. A mulher atravessou-se na frente de um carro, que buzinou alto e irritado ao frear, e por pouco não a atropelou. Maria, assim como quase todo mundo que estava na calçada, voltou-se para o quase acidente, surpresa. Então a mulher apoiou-se no capô, ignorando os berros do motorista, e voltou a correr sem nem olhar para trás.

E, de súbito, um bando de pessoas cruzou na frente do carro, gritando.

Maria pensou imediatamente que podia ser um arrastão, e preparou-se para se refugiar no *pub* à sua frente, quando alguém dobrou a esquina e a empurrou de mau-jeito contra a parede. A garota perdeu o equilíbrio e estatelou-se contra uma mesa, rolando para o meio da rua. Encolheu-se para que as pessoas que vinham correndo não a pisassem, depois levantou-se, tonta. Olhou ao redor. Do outro lado da calçada, um rapaz negro, de camiseta cinza e calças jeans sujas levantava uma senhora e a empurrava para frente.

– *Go! Go!* – ele gritou. Depois olhou ao redor e viu Maria. Com uma careta, jogou-se na direção dela, atravessou a rua e a prensou entre a parede de pedra fria e um pilar da construção mergulhado na sombra do edifício em frente, tapando-lhe a boca com força. Falou, e levou preciosos segundos para que a brasileira reconhecesse o idioma. Inglês.

A dúvida poderia ter lhes custado a vida.

– Por favor – sussurrou o sujeito no seu ouvido – não grite, não se mova, não olhe para cima! Se ele nos ouvir, ou vir o brilho dos seus olhos, vai nos distinguir na sombra, e então estaremos mortos!

As palavras demoraram a fazer sentido. No tempo em que levou para compreendê-las, Maria quase conseguiu tirar o maluco de cima de si, mas então uma coisa enorme e marrom-esverdeada caiu em cima de um carro estacionado diante de seus olhos, rasgando-o como se fosse papelão. O alarme do automóvel disparou e depois morreu, quando a coisa se abateu de novo sobre ele. Maria olhou e olhou, sem entender. Pensou que fosse um piano, mas pianos não sangram e a coisa estava sangrando, um corte aberto pela ferragem destroçada do carro. O rugido repetiu-se ensurdecedor, uma sirene de fábrica apitando dentro do seu ouvido, e ela sentiu o jovem que servia de escudo estremecer de pavor. Então a coisa se moveu, saindo de cima do carro, e outra coisa igual juntou-se a ela, equilibrando o que havia acima.

Maria olhou outra vez. A coisa ferida tinha três dedos e um esporão. E unhas – grandes, escuras e poderosas. Ela espiou o corpanzil que lhe dava as costas e compreendeu o que via.

Padrão 20: A ameaça do espaço-tempo

Era um Tiranossauro Rex. Parecido com o do filme, aquele que vira tantas vezes na televisão, mas um pouco diferente.

Maior. Cheirava à carniça.

Real.

E isso foi um segundo antes da cauda do imenso animal acertar as varandas acima deles e tudo desabar.

2. Os homens de cinza[2]

As sacadas caíram ao redor do pilar e o rapaz pressionou-se com mais força contra ela, gritando de susto. Maria o segurou, os pensamentos disparando rumo às notícias que às vezes ouvia na TV: atentado, carro-bomba, desabamento de marquise. Notícias que sempre terminavam mal.

Mas nenhuma delas jamais incluía um dinossauro!

"Claro", ela raciocinou, "eles foram extintos há milhões de anos. Exceto os dos filmes".

E aí pensou que talvez tudo aquilo fosse um filme maluco, uma filmagem experimental que desejasse a reação verdadeira das pessoas e não atores exaustivamente

---

[2] Referência a *Men in Black - MIB* – filme com direção de Barry Sonnenfeld, 1997.

dirigidos. Olhou ao redor, em busca das câmeras, dos holofotes, mas só ouviu a sirene da polícia e mais gritos e rugidos. Então, finalmente, o berro da criatura se calou pela metade, aumentando a sensação de que tudo não passava de um truque. Pneus cantaram junto ao carro destroçado e alguém gritou, aflito:

– Shiaka!

Em meio aos escombros que se espalhavam ao redor, um gemido se fez ouvir. Maria, tentando reagir ao choque, ajoelhou-se e começou a tirar os pedaços de reboco de cima do jovem que a tinha protegido, estranhando o peso – para um efeito especial, pensou, eles eram estranhamente reais! Finalmente, o jovem conseguiu pôr-se de quatro. Em seguida, um par de mãos veio ajudá-la. Havia um homem gritando, histérico, junto à esquina, e uma mulher chorava desconsolada. Maria abaixou-se ao lado do rapaz.

– Você está bem? A filmagem terminou? – perguntou em inglês.

O rapaz – Shiaka? – levantou os olhos para ela, estranhando e, de repente, começou a rir. Depois se interrompeu com uma careta e sentou-se, enquanto a pessoa que descera do furgão, acocorou-se ao lado dele.

– Rapaz! Você está bem, Shiaka? – perguntou, aflito.

O jovem levantou os olhos para Maria. Havia um corte em sua testa e sangue abundante escorria dali. Ele fez um gesto com a mão suja para afastar uma mecha de cabelos, que atrapalhava sua visão.

– Onde está o Rex? – indagou num tom irritado.

Houve uma pausa. Maria viu que o recém-chegado, um rapaz louro de cabelos bem curtos, consultava outro sujeito que saíra do furgão com um aceno. O sujeito em questão, alto, de tez escura como ela só vira num grupo de indianos, tão logo tinha chegado à cidade, perguntou alguma coisa para dentro do furgão. Como resposta, uma jovem saiu de lá, metida num macacão escuro e largo.

– A fissura se fechou – ela murmurou, desligando um aparelho parecido com um celular.

– Graças à Deus – resmungou o louro de cabelos curtos, benzendo-se antes de levantar.

– Não creio que Deus tenha algo a ver com isso – respondeu Shiaka, também se levantando. Pôs as mãos nas costas e alongou-se. Depois olhou para Maria e sorriu de novo, um pouco preocupado.

– Você se machucou?

A jovem levantou-se, olhando para o quarteto, completamente confusa.

– Não, eu estou bem.

– Ótimo. Então vamos andando, pessoal, o show, aqui, acabou – comandou ele.

– Um momento – cortou a moça, olhando para Maria com uma mirada fria e profissional. – Você já fez a ficha dela? E do resto do pessoal?

– Ela acaba de quase morrer de susto. Será que dá para deixar a porcaria da ficha pra lá? – retrucou Shiaka de maus modos. – Essa bobagem ainda vai nos causar problemas.

– Regras são regras. Precisamos aplicar o EV-40 nela e nas outras testemunhas – determinou a moça no mesmo tom de voz. Shiaka olhou para Maria por baixo da poeira cinzenta que lhe sujava o rosto de feições bem marcadas.

– Estou fora. Se quiser, pode fazer a ficha você mesma – ele replicou e deu as costas para a brasileira.

Maria olhou para o rapaz enquanto ele se afastava na direção do *pub*, e para o louro que se levantava diante dela com um sorriso amarelo.

– Vamos, não é nada. Só burocracia – comentou, oferecendo a mão para ajudá-la a sair do meio dos escombros.

Maria hesitou um pouco, mas depois lembrou que as pessoas que participam de documentários precisam assinar uma permissão de uso da sua imagem e que talvez fosse a isso que eles se referiam.

– O que é? Aquela caneta do esquecimento dos *Homens de Preto*? – brincou, aceitando a mão do sujeito. O jovem sorriu um pouco.

– Quem dera! – murmurou segurando a mão dela com força.

3. O Passa-Paredes[3]

O *pub* foi rapidamente organizado de modo que as mesas fossem ocupadas pelas pessoas que a loura chamava de "testemunhas". Uma mulher ainda soluçava, mas o homem que tinha ficado gritando na esquina parecia mais tranquilo. O jovem louro colocou um formulário em quatro idiomas diante de Maria e entregou-lhe uma caneta, justo na hora em que dois sujeitos do tamanho de um armário e cara de zangados entraram no bar usando o mesmo uniforme cinzento que a equipe do furgão. A moça olhou disfarçadamente na direção de Shiaka. O rapaz ignorou os recém chegados, sentado displicentemente em uma mesa do fundo, um pé apoiado em uma cadeira vizinha, trançando sem pressa a mecha de cabelos encarapinhados com

---

3 *Le Passe-Muraille*, Marcel Aymé, 1943.

um cordão roxo. Maria observou que todo o cabelo dele, longo e bem tratado, estava preso em pequenas tranças que lhe alcançavam os ombros, todas entremeadas com fios roxos. "Será que ele sempre usa a mesma cor, ou de vez em quando muda de tom?" pensou, curiosa. Shiaka fitou-a muito sério, como se tivesse escutado, depois voltou a se concentrar na franja. Maria ficou constrangida sem saber por que, e voltou ao papel diante dela.

O formulário queria saber seu nome completo e seu endereço. Que escolaridade tinha, se trabalhava, em quê e onde. Perguntava se tinha endereço de internet, blog, redes sociais. Queria saber o telefone. O celular. Se falava mais de uma língua e qual. A brasileira estranhou: por um lado parecia menos enxerido do que uma ficha de crédito em uma loja. Por outro, parecia muito mais invasivo. O documento não estava interessado na sua renda, mas, em compensação, não oferecia nenhum timbre oficial, nem logotipo ou qualquer informação sobre quem estava perguntando tudo aquilo.

– Para que é isso? – indagou um homem de bochechas fundas e cara de susto.

– É um procedimento para sua própria segurança – explicou a loura, consultando um pequeno computador. – Queremos segui-los durante algum tempo para saber se estão bem. Assim, poderemos prestar assistência se houver alguma sequela do trauma.

"Isto é o primeiro mundo", entusiasmou-se Maria, preenchendo rapidamente o papel, enquanto Shiaka se intrometia, irônico:

— Exatamente. A agência seguirá vocês para saber o que andam comentando a respeito de hoje: e-mail, redes sociais. Verificarão com quem falam, colocarão escutas no telefone de vocês, e assim que alguém disser a palavra mágica "dinossauro", estará ferrado.

Todo mundo olhou para Shiaka. O homem largou a caneta que empunhava.

— Como assim? – perguntou.

O jovem terminou de prender sua trança, sem se alterar.

— Vocês precisam saber que este papel dá à agência tudo o que precisamos para seguir vocês. Assim que alguém disparar o alarme, tipo "eu acho que vi um T-Rex em Genebra", nosso grupo de dispersão entrará em ação. Não vai adiantar falar para seus amigos e parentes, porque em princípio ninguém vai acreditar. Depois vocês procurarão os meios de comunicação e então nós entraremos em cena e em questão de dias vocês serão vistos como doidos que precisam de um tratamento psiquiátrico. Perderão seu trabalho, seu casamento e talvez consigam um trabalho pesado, morando num quartinho dos fundos de uma pensão barata.

Voltou-se para uma senhora de idade, implacável.

— Os velhos, é claro, serão vistos como senis.

— Shiaka! – interrompeu a loura com a voz exaltada.

— Você tem a obrigação de dizer a esta gente que tipo de formulário estão preenchendo – ele declarou, cruzando os braços.

— Ele está dizendo a verdade? – quis saber uma senhora de casaco azul.

— Ele está perturbado pelos acontecimentos desta manhã – cortou a loura num tom gelado. Repetiu, impaciente. – Estas informações são apenas para que possamos ter certeza de que vocês estão bem.

Shiaka olhou para Maria e quase sorriu.

— Se eu fosse você, não assinava essa coisa – disse.

A brasileira respirou fundo.

— Não vai fazer nenhuma diferença – rosnou a loura.

O jovem deu de ombros.

— Mas ela não precisa ser conivente – ele retrucou com um sorriso odioso.

Houve um silêncio, enquanto os dois homenzarrões se apressavam em recolher as fichas já preenchidas. Uma mulher tentou rasgar a sua, mas bastou um olhar da loura que comandava tudo para que ela mudasse de ideia.

— Bom, eu não vou assinar isso – resmungou um dos homens, largando a caneta e cruzando os braços numa atitude de resistência. Foi o bastante para a loura, que já estava no seu limite, explodir numa ladainha rascante e irritada.

— Pode praguejar o quanto quiser, Sveta, meu russo é ainda muito incipiente para entender o que está dizendo – riu Shiaka.

A mulher o fuzilou com o olhar azulado.

— *Enffant terrible!* – rosnou.

Algumas pessoas riram, mas Shiaka fechou a cara.

– Eu não sou mais uma criança – revidou tão infantilmente, que Céu sorriu.

– Engano seu, Shiaúsca. Você sempre será o bebê mimado do laboratório, enquanto o seu pai estiver no comando das coisas!

– Deixe meu pai fora disso! – irritou-se o rapaz.

– Vou é deixá-lo bem informado quanta a sua tendência à rebeldia anárquica. Aliás, pelo que sei, você devia estar na escola! Cosmo! Como foi que o pirralho veio junto?

– Ele se infiltrou, Svetlana, eu juro! – defendeu-se o louro.

– Sorte sua e de meio mundo! – rebateu Shiaka. – Quando o Rex apareceu, eu fui o único capaz de reagir à altura da situação! Ficaram todos olhando estarrecidos o pobre bicho, enquanto ele aparecia, enlouquecido, em uma era que não era a sua!

Levantou-se de um salto, chutou a cadeira em que se apoiava contra uma mesa e saiu em meio ao silêncio, batendo a porta.

– Nossa, que gênio! – murmurou Maria.

– Nem me fale – suspirou a loura. Voltou-se para a brasileira e sorriu sem humor. – E então, você vai assinar?

Maria a fitou. "Não vou com a cara dela", pensou. Deu de ombros e empurrou o documento preenchido para a mulher. O espaço da assinatura continuava em branco.

– Como a minha assinatura não vai fazer diferença, prefiro não ser conivente com alguém que pode bagunçar a minha vida – declarou. – E se for só isso, gostaria de ir embora.

Svetlana fitou-a duramente por um momento, depois fez um gesto na direção da porta. O homem que tinha se recusado a assinar começou a discutir, e uma mulher levantou a voz. Maria do Céu saiu sem olhar para trás.

Lá fora, não fossem os destroços na esquina e a polícia organizando o cordão de segurança, a manhã pareceria normal. O céu era anil, e o jato d'água erguia-se rumo ao céu, desenhando um arco-íris delicado contra as montanhas. Maria do Céu chutou uma pedrinha, como se quisesse tocar algo sólido o suficiente para garantir que não havia sonhado tudo aquilo.

Levantando os olhos, viu Shiaka ao lado de uma van estacionada, metade na sombra, metade no sol. Estava distraído, por isso Céu aproveitou para fitá-lo demoradamente. Tinha o rosto redondo, o nariz elegante e os lábios cheios. Os olhos eram grandes, expressivos, e o queixo firme. A tez negra e os cabelos pretos realçavam o roxo dos fios trançados e a camiseta cinzenta. Ele ainda tinha os braços empoeirados, mas dava para ver os músculos longos, que terminavam em mãos hábeis. Ela aproximou-se e ensaiou o seu melhor sorriso.

– Oi...

O sujeito dedicou-lhe um olhar desinteressado. Maria quase desistiu.

– Ah, é você – ele murmurou.

– Pelo que entendi – ela tentou de novo – você salvou a minha vida. Obrigada.

– Puxa! Não é que alguém se deu conta desse detalhe insignificante? – ele ironizou, olhando para o teto da van. Depois a olhou de novo e completou. – De nada.

Ele era simplesmente irritante, decidiu Maria.

– Você é sempre assim insuportável ou só quando tem de correr atrás de um dinossauro?

A palavra brincou nos seus lábios alguns instantes, então ela teve de rir do que havia dito e Shiaka fitou-a com um brilho divertido no olhar.

– Meu Deus, isso foi um filme, não foi? Uma coisa doida para postar na internet, essas coisas que a gente vê por aí – ela perguntou, aliviada. "Um dinossauro! Que maluquice!"

– Não, não foi – ele respondeu animado. – Mas a ideia é boa. Vou sugerir ao departamento de emergências que adote a história como desculpa da próxima vez que acontecer. Porque, infelizmente, vai acontecer.

Maria olhou para ele, intrigada.

– O quê, vai acontecer?

Shiaka conseguiu sorrir. Mas sem a menor alegria.

– Dinossauros correndo pela avenida, trogloditas invadindo a bolsa de Nova York, Colombo chegando a Hispaniola, quem pode saber?

Ele pensou um pouco no que tinha dito e riu:

– Afinal de contas, tudo isso já aconteceu, não é mesmo?

Maria do Céu balançou a cabeça. Era o diálogo mais maluco que já mantivera com alguém, mas Shiaka parecia estar falando sério.

– Bom, eu tenho de ir – ela decidiu. – Preciso fazer as malas para voltar para casa. Prometo não falar a ninguém sobre isso. Não quero ser chamada de maluca.

– Você vai falar com alguém sobre isso. É impossível que não fale, é só a agência que não entende – ele respondeu num suspiro. – Mas, se depender de mim, ninguém vai chamá-la de maluca.

Um breve silêncio. Maria compreendeu aos poucos.

– Mas não depende, não é? – indagou baixinho.

Ele balançou a cabeça e resolveu mudar de assunto.

– Onde você mora?

– Em Porto Alegre. Conhece? – ela zombou, ajeitando o cabelo, tentando dar a volta por cima. "Meu futuro é ser chamada de maluca. E eu que queria ser gerente da loja da vovó!" pensou, tentando se divertir com a ideia e não conseguindo, de jeito nenhum.

– Portalegre? Em Portugal? – ele se perdeu.

– Não. Porto Alegre, no sul do Brasil.

– Ahn... – Shiaka pensou um pouco. – Nunca fui para lá.

– Você já viajou muito?

Ele sorriu, condescendente, mas não respondeu.

– Então, agora que tem o meu endereço, se for à Porto Alegre, vá me visitar! Meu nome é Maria do Céu Andrade – ela murmurou. Shiaka piscou, parecendo atrapalhado. Depois sorriu de leve, inclinando-se para frente, cúmplice.

– Não me leve a mal, *Sky's*, mas eu espero nunca ter de visitar você – murmurou. Um raio de sol iluminou o ombro dele e algo brilhou de leve. – Se eu for, é porque você estará encrencada.

– Você está machucado? – indagou Maria, ignorando o que ele dissera e apontando o tecido úmido.

– Machucado? Eu não... – ele olhou para o tecido ensanguentado e então estremeceu, visivelmente assustado. Virou-se, e o movimento foi estranho, lento, como alguém dentro de uma piscina. Ele bateu a mão sobre um botão no console da van.

Nada aconteceu. Nada... a não ser que seus dedos atravessaram o painel e a fuselagem do carro como se não existissem. Shiaka olhou para a mão com um olhar aturdido e Maria, sem pensar, encostou no ombro dele. Queria sacudi-lo de leve, perguntar o que tinha acontecido, mas uma pequena explosão silenciosa de luz resplandeceu, ofuscando o sol. Por um momento, Céu viu o mundo em negativo, como uma foto antiga, mergulhada num silêncio primordial. Depois tudo voltou ao lugar, ruidoso, sólido como um soco.

– O que foi isso? – ela indagou. Shiaka a encarava espantado, depois estendeu a mão e a amparou, antes que os joelhos da garota fraquejassem. Em seguida, ele bateu no botão negro – desta vez a mão empurrou o dispositivo, e uma luz azul começou a girar dentro da cabine. No instante seguinte, a voz de Svetlana soou tão perto quanto se estivesse ali.

– O que aconteceu?

– O que você acha? Esse botão é o quê? O *play* do seu Mp20? – ele gritou de maus modos. O mundo entrava e saía de foco e Céu ficou enjoada. Ouviu um movimento ao redor deles e a voz firme de Shiaka:

– Não toquem em nós! É uma contaminação quântica. O sangue do T-Rex molhou a minha camiseta! Ele se feriu quando pisou no carro e deve ter respingado em mim. Até agora estávamos na sombra, mas o sol se deslocou e terminei expondo a amostra à luz.

– E ela? – indagou Cosmo ao lado da garota.

Shiaka seguia segurando a mão de Céu com força.

– Encostou em mim quando a reação estava em andamento.

Alguém disse um palavrão. Shiaka puxou Céu para dentro do carro e os demais entraram também. A van disparou pela avenida, metendo-se pelo emaranhado de ruas que contornava a *Ponte du Mont Blanc* e mergulhava na cidade, enquanto Svetlana resmungava coisas com o painel do carro. E o painel respondia!

"Não, que boba", pensou Céu, quem respondia era o computador do painel.

– *Avenida Chantepoulet*. Carros à frente e uma passagem à esquerda. Ultrapassar. Rue de *La Servette*. Subir para 70 km até o próximo obstáculo. Semáforo à frente. Reduzindo...

— Alterar rotina de semáforo. É um código de emergência prioridade 1. Vamos passar – decidiu Svetlana. A velocidade incrementou-se e a van ultrapassou o sinal vermelho, ignorando os protestos dos carros que iam na transversal.

— Que ideia é essa? Onde vocês estão me levando? Quero descer! – protestou Maria, lembrando as más notícias que costumavam rechear a página policial dos jornais. Começou a ouvir sirenes. Shiaka acabava de prender as mãos de ambos com uma faixa elástica que Cosmo encontrara em uma maleta de primeiros socorros. Ela sacudiu o braço com força, mas foi inútil.

— Pare de gritar e me escute – ele pediu.

— Me larga! – ela continuou a gritar, fechando o punho solto com força e errando o soco no maxilar dele por milímetros. Os prédios ao redor da avenida começavam a rarear e, mais adiante, dava para ver árvores. Um parque. Ou, talvez, o final da cidade. A estrada tinha muitos semáforos, mas a van não parava em nenhum deles. A polícia! A polícia estava... A polícia estava fechando o tráfego para a van passar!

— Vocês são doidos! Malucos! – protestou Maria de novo. – Estão me raptando! Socorro!

— Pare de gritar! Se estivéssemos raptando você, já teríamos dado um jeito de parar de ouvir essa sua voz estridente e esse sotaque bobo!

A frase de Svetlana fez Maria do Céu fechar a boca por um momento. Ela espiou para fora, tremendo. Muitas árvores. O computador do carro falava em *Route de Meyrin*. Às vezes a van disparava pela lateral da direita, pela ciclovia, outras pela esquerda, sobre os trilhos do bonde elétrico, precedida de uma moto de sirene aberta e luz acesa, causando olhares espantados nos motoristas dos carros.

– Sabe que você é uma besta? Não fui com a sua cara! – revidou a brasileira, despejando toda sua frustração na loura. Gritou em português, incapaz de continuar a pensar em outro idioma. Uma risadinha divertida a calou. Olhou para o lado e deu com Cosmo, espremido contra a parede da van o mais longe possível dela, pálido, mas tentando manter o sangue frio:

– *Hombre, por lo menos voy a poder entrenar mi español* – gracejou ele.

– Ela fala português, Cosmo, não espanhol – resmungou Shiaka em inglês. Sacudiu o braço de Céu e voltou a ter sua atenção.

– Escuta, estamos com uma emergência aqui. Quando o sol incidiu sobre o sangue do T-Rex, iniciou um processo que chamamos "reação de dissolução quântica". Acontece sempre que a fissura deixa algum resíduo sólido e ele é exposto ao sol. Os átomos começam a reagir a se desfazer. A amostra some, e o hospedeiro, a coisa que estava sustentando a amostra, também, a menos que ele consiga trocar *momentum quântico* com outra coisa mais ou menos do mesmo tamanho e constituição. Somos humanos e somos quase do mesmo tamanho: então, quando você encostou no meu ombro, me "emprestou" o seu *momentum quântico*. Agora mesmo, estamos trocando isso, como se fôssemos elétrons intercambiando carga: grosseiramente falando, eu fico positivo, você fica negativa, e quando eu fico negativo, você fica positiva. Se a gente se soltar, a troca se interrompe e nós dois sumimos do mapa, entendeu?

Maria do Céu levou algum tempo para responder. Lá fora, as casas dos arredores da cidade passavam depressa por eles.

– Grosseiramente falando, não entendi nada e não me interessa! – respondeu furiosa. Shiaka torceu o nariz para ela.

– Mas que droga! – resmungou.

– O caso, querida, é que daqui a pouco o *momentum quântico* de vocês vai se equiparar – resumiu Cosmo. – Vocês vão ficar com a mesma carga. Quando isso acontecer, precisamos estar no laboratório e tentar resolver essa coisa. Senão... Bem, não quero ser dramático, mas vocês não estarão aqui para ver o dia de amanhã!

4. Monte Castelo[4]

A van seguiu disparada pela estrada, intercalando a voz do computador de bordo, que seguia dando informações sobre o trânsito, e Svetlana, distribuindo ordens pelo celular. O grito insistente das sirenas havia se calado, mas a motocicleta da polícia seguia na frente, abrindo caminho, apressada. Maria estava apenas esperando uma distração de seu captor para tentar escapar, mas mesmo com a faixa elástica os prendendo, Shiaka segurava sua mão com tanta força que, às vezes, ela podia sentir a pele formigando. Ele estava assustado e sua testa estava coberta de suor. Depois ele passou a mão livre nos olhos e respirou um pouco mais forte.

---

4 *Monte Castelo*, é música e letra de Renato Russo com citações do poeta Luís Vaz de Camões e São Paulo, 1989.

– E então, Shiaka? Está se dando conta da importância das regras do laboratório? – provocou Svetlana olhando pelo retrovisor. O rapaz levantou os olhos para ela como se fosse responder, depois espiou Maria do Céu e nada disse.

Cosmo espiava para fora, para os prédios de *Meyrin* e a brasileira percebeu que ele segurava um fio cheio de contas grandes entre os dedos. Enquanto desfiava as contas, movia os lábios. Parecia estar rezando.

– Nós vamos morrer? – ela indagou, percebendo finalmente a seriedade da situação. Shiaka respirou fundo e sorriu para ela.

– Ora, é claro que não! Amanhã é terça-feira! Ninguém morre numa véspera de terça-feira! – gracejou, cínico. – O máximo que pode acontecer é a gente se dissolver.

– Eu vou viajar para casa, amanhã – a voz de Céu tremeu. Ela sentiu os olhos se enchendo de lágrimas.

Por um momento, ninguém disse nada, mas, por fim, Shiaka se inclinou para ela.

– Olha, desculpe. Eu não quis ser desagradável. Vai dar tudo certo. É só um susto, a gente é muito estressado com trabalho. E eu ainda tenho de visitar você em Porto Alegre, lembra-se?

Maria o encarou zangada e nunca foi tão sincera em toda a sua vida:

– Se você chegar perto de mim outra vez, eu juro que chamo a polícia!

– Bem, querida talvez você seja mais inteligente do que eu pensava – interferiu Svetlana antes que Shiaka pudesse responder algo. Céu olhou para frente e viu mais adiante, as montanhas Jura crescendo rapidamente. Sentiu as lágrimas correndo, o peito doendo de medo.

Passaram por uma igreja e, no outro cruzamento, entraram por uma via secundária à direita, disparando pela estrada estreita, deixando a polícia para trás. Mais adiante, dobraram à esquerda e passaram por um discreto portão que se abriu depressa. O carro passou sem se identificar na guarita que ficava à esquerda e avançou para uma construção baixa e cinzenta. Ao longe, à esquerda, Maria pode ver uma cúpula marrom. "Onde foi que já vi isso antes?" pensou. Quando reconheceu o que era, estremeceu.

O Globo! A cúpula marrom era o principal local de visitação de um laboratório chamado CERN, sobre o qual fizera um trabalho para a escola.

Então a construção cinzenta cresceu, um portão se abriu de par em par e a van mergulhou no complexo.

Lá dentro estava tudo escuro. Assim que carro parou, Cosmo e Svetlana desceram. Shiaka manteve-se no seu lugar até que a porta lateral foi aberta e então ele a puxou de leve para sair. Maria não se moveu.

– Não vou descer. Eu não sei quem você é. Eu não sei do que é capaz, então eu não vou descer – ela disse estranhamente calma. O rapaz olhou para ela, depois para fora do carro. Maria espiou. Havia um grupo de pessoas vestidas com macacões cinzentos como o de Svetlana, com a diferença de que usavam capacetes.

Capacetes. Não capacetes de moto, mas outros, grandes, como os que vira em um filme sobre uma contaminação viral. Maria estremeceu e recuou um pouco mais.

– Querem vir, por favor? Podemos não ter muito tempo – disse uma voz abafada. Shiaka voltou-se para a brasileira, muito sério.

– Escuta – disse. – Eu também não sei quem você é. No que me diz respeito, pode ser uma espiã querendo se plantar no laboratório. Mas, francamente, eu duvido. Saí de casa hoje disposto a matar aula e procurar encrenca, porque não estava a fim de assistir à classe de Geografia e depois jogar basquete com um bando de sujeitos que não sabem a diferença entre um homem e um orangotango, então, bem feito para mim. Mas você é uma garota bacana, que estava no lugar errado na hora errada. Sinto muito por isso. Se estiver com medo e quiser ficar aqui, tudo bem: ficamos. Eu não posso ir a lugar nenhum sem você, provavelmente não passaria da porta da van, mas não vou obrigá-la a nada. Quero apenas que saiba que, se sairmos, teremos alguma chance e, se ficarmos, não teremos nenhuma.

Baixou a voz até quase um murmúrio.

– E eu não gostaria de morrer.

Maria do Céu viu nos olhos de Shiaka que ele falava sério – provavelmente nunca falara tão sério em toda sua vida.

"Que droga!" ela pensou. Fez um esforço de coragem.

– Está bem – decidiu, finalmente.

Shiaka suspirou aliviado e a puxou para fora.

Atravessaram um corredor longo e largo até chegar a uma porta que se abriu à direita e dali passaram para um salão enorme, cheio de gente circulando em torno de bancadas de computadores. Telas de LCD de diferentes tamanhos ofereciam listas, gráficos, desenhos e monitoravam coisas que ela nem imaginava que eram. Quando entraram, quase todo mundo se virou para eles com uma expressão tensa. Shiaka não olhou para os lados – parecia bem envergonhado, para dizer a verdade. Depois foram para um salão menor. Havia muitos instrumentos ali, mas o espaço era dominado por um aparelho enorme que Maria achou que era uma daquelas máquinas de ressonância magnética. O grupo parou ao lado da maca que deslizava para dentro da estrutura. Havia uma pessoa de cinza parada ao lado, segurando uma bandeja de aço inoxidável.

– Coloquem aí tudo o que tiverem de metal – pediu Svetlana. Os dois obedeceram rapidamente, Shiaka muito mais apressado do que a garota. A loura ordenou ao rapaz que subisse na maca. Maria olhou pelo visor do macacão dela, mas só conseguiu ver a própria imagem refletida na superfície espelhada.

– A garota vai primeiro – ele comandou, empurrando Maria para frente.

– Você vai primeiro. Quero garantir que pelo menos um estará à salvo – ordenou a voz da loura fazendo um gesto irritado.

– Então ela vai primeiro! E você não pode garantir que isso vai funcionar.

PADRÃO 20: A AMEAÇA DO ESPAÇO-TEMPO

Maria sentiu o coração bater junto à garganta.

— Vai funcionar. Os cálculos dizem que sim!

— Suba, Maria — ele convidou e ajudou Céu a sentar na plataforma com os pés voltados para dentro da abertura circular. Shiaka voltou-se para a mulher. — Ela é minha responsabilidade, portanto eu decido. Ligue esse troço Svetlana, estamos perdendo tempo.

— Insuportável! — resmungou a russa, voltando-se para a equipe que estava junto aos equipamentos de controle. A maca começou a deslizar para dentro do aparelho, obrigando Maria a se deitar. A mão que estava presa à de Shiaka foi ficando ao lado do seu rosto. Depois, todo o seu corpo ficou no interior do cilindro, e parte do corpo dele também. As cabeças estavam ao lado uma da outra. Alguém trouxe uma segunda maca para o rapaz, e ele pode se estender, mas ficou com parte das pernas para fora do aparelho. Não havia muito espaço ali dentro, e a respiração ofegante dos dois ressoava feito um trem.

— Que história é essa de não saber se vai funcionar? — ela perguntou baixinho. Shiaka fez uma careta para o teto e respondeu:

— Bom, a gente desenvolveu essa coisa a partir de alguns aparelhos de ressonância magnética, mas até agora não tínhamos nenhuma mostra para experimentar e comprovar se ele funciona como esperamos.

Maria fez um esforço para entender o que ele tinha dito. Houve outro silêncio curto, enquanto ouviam a coisa toda estalar ao redor deles, zumbindo baixinho.

– Quer saber como esse negócio funciona? – ele perguntou, tentando distraí-la.

– Não – ela respondeu, trêmula. Depois perguntou: – Por que não deu para testar?

Ele demorou um tempo para responder. Então limpou a garganta e tentou comentar do jeito mais informal possível:

– É que nada que tivesse sofrido uma contaminação quântica, como a gente, chegou até aqui. Desintegrou-se bem antes de chegar perto do laboratório.

Maria apertou os lábios, apavorada. Um zumbido desagradável ronronava ao redor deles e a pressão nos ouvidos começou a apertar sua cabeça como um capacete de motociclista. Houve um estalido alto e ela estremeceu.

– O processo começou. Procure não se mexer – ele avisou. – Não se preocupe, está tudo correndo bem.

– Você não tem como saber – Maria gemeu. Shiaka ficou um pouco quieto antes de admitir:

– É, não tenho.

Outro silêncio. Os estalidos eram cada vez mais frequentes. A pressão aumentou. A voz metálica de Svetlana soou perto demais.

– Temos um momento angular atômico totalmente anômalo. Não vou nem entrar em detalhes, garoto, mas você e seu pai vão adorar ver os números. Como é que você está, Shiaúsca?

Maria se surpreendeu ao ouvi-la falar num tom gentil. Era a primeira vez que Svetlana parecia outra coisa que não um robô disfarçado de gente.

— Estou bem, mas minhas pernas estão doendo e não sei se consigo mexer os pés — ele respondeu, objetivo.

— Era de se esperar. Você está com apenas uma parte do corpo sendo tratada diretamente. O resto vai entrar nos eixos, mas vai demorar um pouco. Espero que você não tenha uma surpresa desagradável ao sair daí. E a garota? Hum... onde está a ficha dela... Maria do Céu?

— Estou bem — ela respondeu. Depois achou que devia acrescentar: — Não sinto nada, a não ser uma pressão nos ouvidos.

— Me poupe de detalhes inúteis — disparou a jovem.

— Tão gentil... — ironizou Shiaka.

— Está bem, vamos estabilizar o momento angular de vocês. Vai fazer um pouco de barulho aí dentro, não se espantem.

"Mais, é?" pensou Maria do Céu, mas então é que a festa realmente começou. Parecia que estavam dentro de um canhão anti-aéreo no meio de uma batalha. O ruído era ensurdecedor. A mão de Shiaka apertou a sua com brutalidade, mas nem adiantava tentar protestar, porque ela tinha certeza de que não ia sequer conseguiu ouvir a própria voz. Quando tudo terminou, os ouvidos da garota continuaram zumbindo por alguns instantes.

— Ok, vocês estão zerados. Pode tirar a faixa agora, Shiaka — ordenou Svetlana.

— Certo — a voz dele soava rouca e cansada. Apesar de tudo, não se moveu.

— Está tudo bem? — perguntou Maria do Céu.

— Vai ficar — ele murmurou, trêmulo. Parecia exausto.

— As pernas doeram muito? — ela perguntou, compreendendo o que tinha acontecido.

— Nem queira saber o quanto — ele murmurou. — Mal consigo me mexer. Pode livrar nossas mãos?

Céu subiu a mão livre, desenrolando a faixa apressadamente, mas ele não a largou. Avisou o controle:

— Estamos soltos.

Houve um instante de silêncio tenso.

— Ok. Separem.

Shiaka respirou fundo.

— Boa sorte para nós — sussurrou.

Abriu os dedos devagar, afrouxando a pressão. Depois, aos poucos, afastou a palma. Alguma coisa iluminou o minúsculo espaço. Maria procurou onde estava a lâmpada, e então viu, fascinada, uma partícula luminosa se formando entre as mãos deles, um lampejo quente e dourado, que aquecia sem queimar e iluminava sem formar sombra em lugar algum. Sem querer, ela lembrou da canção. *Ainda que eu falasse/ a língua dos homens/ e falasse a língua dos anjos/ sem amor, eu nada seria*, ela recitou baixinho, mas não sabia dizer em que idioma ou mesmo se o fizera de fato. Talvez tivesse apenas pensado na música. A luz tremeluziu entre eles por um momento, depois se apagou devagarzinho. O calor continuou na palma da sua mão.

Aparentemente, havia dito em voz alta e em inglês, porque Shiaka sussurrou, identificando o texto:

– I Coríntios, 13.

– Não, Renato Russo, *Monte Castelo* – ela respondeu.

– Você surtou, Shiaka? – indagou Svetlana pelo alto falante, interrompendo

– Por quê? – ele se irritou.

– Você citando a Bíblia? Até vou procurar o versículo. Não lembro o que ele diz – ela zombou. Dava para perceber o alívio, mesmo através dos alto falantes metálicos. E dava para compreender que não ouvira o que Maria dissera.

Aliás, dissera, de fato? Ou não? Então, como é que ele sabia...?

– Sou ateu, não burro – retrucou Shiaka aborrecido, interrompendo sua linha de pensamento. – Dá para tirar a gente daqui? Está apertado e eu quero uma aspirina.

– Um momento. Vamos deixá-los extrínsecos de novo – avisou Svetlana.

– O que isso quer dizer? – quis saber Maria, ainda olhando para a mão. "Falei ou não falei?" perguntava-se. Depois fechou o punho devagar, para guardar aquele calor delicioso, e o apertou no peito, deixando de lado a dúvida.

– Eles vão nos carregar de novo. Vão nos tornar reais – ele explicou da melhor maneira que conseguiu.

– E não somos reais? – ela surpreendeu-se.

— Por um instante, Maria, fomos tão irreais quanto os anjos da sua canção – ele respondeu. Parecia estar à beira do sono.

— Então fomos mais de verdade do que jamais seremos novamente – ela retrucou com suavidade.

5. Um museu de velhas novidades[5]

O suco de laranja estava uma delícia. Maria reclinou-se na poltrona; tinha vários instrumentos presos ao seu corpo, monitorando os sinais vitais básicos e mais algumas coisas das quais ela nunca tinha ouvido falar. A porta da enfermaria se abriu e Cosmo entrou, sorrindo. Talvez um bocado nervoso, mas quando Maria lembrou da atitude dele na van, achou que ele, na verdade, estava envergonhado.

– Olá, tudo bem por aí? – ele a saudou. A brasileira fez que sim.

– Você sabia que na Grécia sacudir a cabeça de cima para baixo quer dizer "não"?

---

[5] *Um museu de velhas novidades*, Octávio Aragon, in Intempol, 2000.

Maria voltou-se para Shiaka, sentado do outro lado do aposento com fones de ouvido enfiado nas orelhas e um laptop no qual, de vez em quando, teclava algo.

– Oh, deixe-a em paz – pediu o recém-chegado com um gesto. – Só passei para ver como vocês estavam.

– Você é grego? – interessou-se a garota. Cosmo sorriu para ela, ainda mais caloroso.

– Nasci em Palea Fokea, há alguns quilômetros de Atenas. Uma cidade docemente pequena.

– Tome cuidado, Céu – continuou Shiaka ainda com os fones de ouvidos. – A conversa mole de Cosmo já custou muita lágrima a muita garota.

O grego ignorou o amigo. Dedicou alguns instantes a observar os instrumentos que estavam conectados ao braço e à cabeça da brasileira.

– Quando posso voltar para casa? – ela perguntou.

– Eu viajo amanhã e...

Cosmo a olhou de um jeito estranho.

– Bem... sabe... acho que você vai ter de ficar alguns dias conosco... – disse.

– Que história é essa? – indagou Shiaka, tirando os fones dos ouvidos. De longe, metálica, a melodia de *Monte Castelo* chegou até Maria.

"Então você gostou, hein?" ela pensou, satisfeita.

– Seu pai, e toda a equipe, quer monitorá-los um pouco mais – explicou o jovem.

– Monitorar? Como assim? – continuou o outro, aborrecido. – O mais seguro é que ela volte imediatamente para casa.

– Bom... surgiu uma novidade.

Maria o encarou. Apertou os punhos, preocupada, e o grego continuou.

– Parece que os exames do seu hipotálamo estão dando algumas alterações interessantes, Maria – apesar de tudo, ela adorou a maneira como ele dizia o seu nome, adoçando o r e puxando o i. – O pessoal do departamento médico quer acompanhá-la por no mínimo 48 horas para ter certeza de que está tudo bem.

– Mas... – surpreendeu-se a garota – minha mãe vai estar me esperando quinta-feira e...

– Já mandamos uma pessoa à casa de sua senhoria para recolher suas coisas, e despachamos nosso principal relações públicas para explicar a situação pessoalmente à sua família. Não se preocupe: está tudo bem. Daqui a dois dias, você será liberada. Até lá, poderá desfrutar da nossa companhia. Se quiser, posso guiá-la numa visita aos jardins do CERN e ao Museu de Partículas.

– E o LHC, voltou a funcionar?– interrompeu Shiaka mudando de tom. Cosmo o fitou intrigado.

– De fato, sim. Isolamos a singularidade 236 e o colisor voltou a funcionar normalmente. Não precisaremos parar.

– Vocês fizeram o quê? – balbuciou Shiaka estarrecido. Cosmo sorriu, cativante.

– Eu sabia que isso ia atrair o seu interesse, meu amigo. Por que acha que seu pai ainda não veio vê-los? Está à frente do processo todo. Estão mantendo a singularidade *estável*.

Shiaka sorriu, entusiasmado.

– Meu pai está mantendo um buraco negro estável? Isso é incrível!

– Pois sim: incrível é a palavra! – concordou Cosmo e em seguida levantou-se e se inclinou sobre Céu, segurando seus dedos.

– Nossa! Ninguém tinha beijado minha mão antes! – admirou-se Maria, sentindo um sorriso se abrir e seu rosto esquentar um pouco.

Shiaka torceu o nariz, puxou os fones de ouvido de volta e ignorou-a por um bom tempo.

Algumas horas depois, a equipe médica apareceu e desligou a aparelhagem, liberando ambos para "pequenas caminhadas e exercícios leves, se quiserem". Shiaka se espreguiçou satisfeito e perguntou para a brasileira com uma piscada marota.

– Gostaria de conhecer o CERN? Não vou beijar a sua mão, mas posso lhe mostrar o laboratório do meu pai. Aposto que você nunca tinha ouvido falar disso, hein?

Um pouco aborrecida Maria devolveu-lhe o olhar.

– Você é um convencido – resmungou. – Por que acha que eu não sei do que está falando?

– E você sabe? – ele desafiou.

– CERN, é a sigla para *Conseil Européen pour la Recherche Nucléaire*, ou seja, "Conselho Europeu para a Investigação Nuclear". É o maior centro mundial de estudos sobre partículas e subpartículas nucleares e reúne gente do mundo inteiro para seus estudos. Está aberto a estudantes e visitantes e recebe Físicos que estão à frente das pesquisas na área no seu país. Ultimamente, o Conselho inaugurou o LHC, que algumas pessoas apelidaram de "A Máquina do Fim do Mundo". O *Large Hadron Collider* ou "Grande Colisor de Hadróns", é a maior máquina já construída pelo homem e tem como objetivo reproduzir o Big Bang, a explosão que, se supõe, deu origem ao Universo. As pessoas envolvidas no projeto estavam procurando um negócio chamado bóson de Higgs, que é apelidado de "a partícula de Deus". Procuraram e encontrarame ganharam o prêmio Nobel. Suponho que achem que isso prova que dá para transformar Deus em uma experiência. Mas eu, francamente, acho que Ele não está nem aí para vocês.

Ela desfrutou por um momento da expressão surpresa dele e sorriu docemente.

– Como você pode ver, no Brasil também tem internet.

Ele cruzou os braços, na defensiva.

– É bom saber que algo criado pelo CERN, feito a internet, também faz sucesso no seu país. E você sabe essas coisas sobre o LHC porque ficou com medo que a pesquisa fosse criar um buraco negro capaz destruir a Terra e resolveu se informar? – retrucou.

– Não! Fiz uma pesquisa para a aula de Física – ela rebateu, irritada.

Não era bem a verdade. O assunto a deixava apavorada. Na primeira vez em que tinha ouvido falar sobre o

CERN e, sobretudo, sobre o LHC, Maria tinha ficado tão assustada, que não fizera o trabalho de Física pedido pelo professor. Tentara compensar a ausência da nota estudando redobrado para as provas, mas, no final, teve de se render. O professor Sílvio mostrou-se mais compreensivo do que o habitual e lhe propôs que incluísse no trabalho imagens sobre a construção do projeto, links para visitação e comparação das posições a favor e contra a pesquisa, para compensar o atraso na entrega. Assim, suando frio a cada incursão pela rede, mas cada vez menos temerosa, Céu fizera um trabalho tão bom que o professor a convidara a apresentá-lo para as três turmas da mesma série da escola.

Mesmo assim, quando sua mãe lhe propusera visitar a sede do Conselho em uma das excursões da viagem, Maria escolhera outro destino. Tudo o que lera sobre o assunto a fazia compreender que existem muito mais interesses por trás das notícias que eram plantadas na rede do que sonhava sua vã filosofia, mas o medo era algo instintivo. Na hora de escolher lugares para visitar, o CERN nem sequer fez parte de sua lista.

– Muito bem, vamos andando – decidiu Shiaka, tomando a frente. – O CERN é muito mais do que o acelerador de prótons. Além do mais, estou doido para ver o que meu pai anda aprontando com o tal de buraco negro que conseguiu estabilizar! Essas coisas são o troço mais fascinante do Universo!

Maria engoliu em seco. *Droga!* A última coisa que queria era ficar passeando por corredores intermináveis, vendo um monte de gente tomando notas e falando sobre partículas atômicas! Ficar perto de um buraco negro, então, aquela coisa que tanta gente temia que fosse engolir a Terra, era de arrepiar!

6. A Torre de Babel

Quando saíram da sala de observação, Shiaka tomou a frente, guiando Céu por um corredor curto, que logo desembocou em um saguão limpo e arejado. Havia um balcão de informações e, atrás da recepcionista, um logotipo que a garota não identificou. Shiaka trocou algumas palavra com a jovem e depois ambos riram um pouco. Ele passou à garota um formulário bastante completo para preencher e, em seguida, Céu tinha um crachá de estudante no peito. Depois esperaram um pouco até aparecer um carro branco com o logotipo do laboratório, onde embarcaram. Céu viu o Globo crescer à sua direita, até que saíram ao lado dele, na *Route de Meyrin*, onde rodaram por algumas centenas de metros, até o carro entrar no complexo, do outro lado da rodovia.

– Bem vinda ao Futuro! – comemorou Shiaka.

Na realidade, o Futuro não parecia tão diferente assim, pensou Céu, olhando curiosa para fora do automóvel. Se aquilo era o Futuro, parecia mais uma grande universidade. Pelas ruas asfaltadas alternavam-se fachadas simples e comuns. Às vezes vislumbrava-se uma mais moderna, com *design* contemporâneo e às vezes a rua era ladeada por árvores. Havia muitos estacionamentos. Os maciços contrafortes do Jura se deixavam ver ao fundo, à direita, como uma muralha de pedras e árvores, debruada com um resto da neve do inverno. O carro atravessou várias quadras, duas rótulas e enveredou por um curto passeio arborizado, deixando as montanhas para trás. À direita, atrás dos edifícios mais próximos, podia-se ver um campo aberto, costurado por árvores altas e esguias. Muita gente andava de bicicleta, vestidos para o trabalho. Muitos circulavam a pé. Finalmente, quando Maria achava que iam sair do complexo, o automóvel parou ao lado de um edifício de três andares, pequeno e quadrado, sem maiores atrativos, à sombra de duas construções de linhas arrojadas. Shiaka saltou, animado, e a garota o seguiu. Viu uma placa azul onde se lia em letras simples Projeto EPIMETEU, em dois idiomas, e depois entraram em uma recepção pequena, dominada por um balcão estreito. As paredes estavam cobertas com uma pintura mais ou menos recente, mas o chão era de velhos parquets. À direita havia uma porta de elevador cinzenta tão comum que Maria ficou pensando "ué, o Futuro é isso?". Ao lado dele, um painel onde havia vários anúncios de palestras e quartos para alugar.

Padrão 20: A ameaça do espaço-tempo

Shiaka apresentou os crachás para a moça do balcão. Ela sorriu para ele, mas observou Maria com atenção e, antes de permitir o acesso dos dois, moveu as mãos sobre um console bem usado. Depois começou a falar, e Maria percebeu que ela tinha na orelha um minúsculo e modernérrimo celular dotado com um microfone igualmente minúsculo e modernérrimo. Finalmente a moça sorriu para ela e permitiu o acesso dos dois.

O elevador se abriu em silêncio, revelando um interior bastante normal. Havia um cartaz que anunciava um show de rock na semana seguinte, colado por cima de um mais antigo, que chamava para uma exposição de arte. Maria ainda estava para ver o famoso "futuro" que Shiaka alardeara e ficou um pouco aborrecida com o olhar animado e o sorriso maroto dele.

– Posso tentar adivinhar o que você está pensando? – ele indagou, enquanto o elevador subia.

– Fique à vontade – ela respondeu.

– Você está pensando que a embalagem revela o conteúdo – ele retrucou divertido.

Maria do Céu piscou, confusa.

– Como assim? – perdeu-se.

– Você achou que ia encontrar um complexo hiper-ultra-super-mega moderno, com cara de *Star Trek*, no mínimo.

Ela cruzou os braços. Ele era um enxerido, mesmo!

– Na verdade, eu esperava algo ainda mais contemporâneo. Tipo a Nave da S.H.I.E.L.D., você conhece?

– irritou-se. Então a porta do elevador se abriu e ela se calou, surpresa.

O salão era o andar inteiro. Num primeiro momento, tudo o que ela viu foi uma muralha de computadores em primeiro plano, atrás dos quais circulavam grupos de pessoas. Nas paredes do salão, várias telas de LCD, onde se viam gráficos e listas. Shiaka passou por ela, sorrindo, e a puxou com suavidade para dentro do aposento. Uma dupla de jovens desviou deles, comentando alguma coisa em francês, e saudaram o guia distraídos. Os dois vestiam jeans simples. Um deles usava uma camisa pólo de marca e o outro, uma camiseta puída do Lyon, um dos times da primeira divisão francesa. Três senhores comentavam algo diante de uma planilha, os monitores se refletindo nos óculos de dois deles. Quando uma jovem passou de saia e blusa, eles lhe disseram qualquer coisa, a que ela respondeu coqueta. Os quatro riram. Falavam alemão. E logo adiante, um jovem batucava com um lápis em um console, os olhos fixos na tela diante de si, parecendo muito absorto. Outro sujeito aproximou-se e perguntou-lhe alguma coisa em italiano. O rapaz respondeu em inglês, com um sotaque carregado.

Shiaka atravessava o salão, saudando gente de um lado e de outro. Aproximou-se de um painel de computadores, identificado por um letreiro na parede, sobre as telas mais coloridas do local: EPIMETEU. Um jovem e um senhor de mais idade discutiam acaloradamente, em francês. Pareciam envolvidos numa disputa que terminaria custando uns cascudos a alguém, e Maria admirou-se em perceber que ambos falavam no mesmo tom, de igual para igual, apesar da diferença de idade. Levou algum tempo para ela compreender o motivo da discussão: uma série de cáculos feitos em um prosaico quadro verde cheio de rabiscos de giz, instalado longe dos aparelhos, numa parede que pedia uma pintura nova. O senhor mais velho, inclusive, tinha a bochecha meio esbranquiçada. O contraste entre os computadores e o quadro verde era tamanho, que Maria simplesmente começou a rir.

Havia uma moça loura sentada junto a um dos consoles, ignorando a discussão e observando o computador, concentrada.

– Ei, Svetlana, o que meu pai e Narhari estão discutindo? – indagou Shiaka aproximando-se dela. A moça ergueu os olhos muito azuis para ele e depois olhou para Maria e franziu a testa.

– Não sei, cheguei agora. O que ela faz aqui? – resmungou alto o suficiente para que do Céu ouvisse e soubesse como era mal-vinda.

Shiaka sacudiu a cabeça.

– Ele vai ficar com a gente por uns dias, então... – começou, mas a russa o interrompeu, gélida.

– ... então você achou legal se exibir mais um pouco? Vem cá, você realmente não leva a sério os procedimentos de segurança, não é?

– Deixe de ser tão ciumenta, Sveta, você sabe que eu sou todo seu – ele disse, sorrindo, debruçando-se sobre a loura, que nem sequer se moveu, apesar de seus lábios quase se roçarem.

– Shiaka!

O rapaz endireitou-se, pilhado, e em seguida o homem mais velho o abraçou com força.

– Ah, filho! Você já está paquerando a minha secretária? Ótimo, Sveta precisa se distrair de vez em quando. Quem é essa jovem? Ah, sim, deve ser a pequena Maria do Céu Andrade! Meu Deus, garota, eu quero lhe agradecer imensamente pelo que fez pelo meu filho!

O homem havia saltado do abraço em Shiaka para o abraço em Maria com o mesmo entusiasmo. Ele era bastante magro, e não muito alto. A tez era escura como a do rapaz, os olhos brilhantes, e o sorriso aberto como os de Shiaka. Maria sorriu desprevenida e simpatizou imediatamente com o homem. Depois olhou discretamente ao redor. Várias pessoas a fitavam, e o jovem Narhari acenou-lhe antes de voltar-se para os cálculos do quadro-verde. Só Svetlana ignorava a todos, acertando fones de ouvido na cabeça e um minúsculo microfone que lhe vinha até os lábios finos e elegantes.

– E então, conseguiu? – interrompeu Shiaka, ansioso.

O homem voltou-se para ele e sorriu. Depois olhou para Maria de novo e piscou.

– Ele está doido para ver o que conseguimos pegar hoje de manhã – segredou.

– O tal do... buraco negro? – indagou do Céu.

O homem sacudiu-se, feliz.

Padrão 20: A ameaça do espaço-tempo

— Exatamente! Exatamente! Menina bem informada! — comemorou.

— Céu fez um trabalho na escola sobre o CERN, pai. Parece que tirou uma nota bem bacana — intrometeu-se o jovem.

Maria viu-se supreendida com o calor na voz dele, e o homem o encarou admirado. Depois voltou-se para a jovem de novo e fitou-a ainda mais amigável e interessado. Perguntou, gentil:

— E então, gostaria de conhecer o Pandora?

— Quem? — ela perdeu-se.

— Pai — o jovem intrometeu-se novo — o trabalho não enfocou os laboratórios novos do CERN. Além disso, que eu saiba o "sujeito" chama-se "singularidade 236".

— Bah! Você está algumas horas atrasado! —o homem riu, puxando Maria. Voltou-se para a secretária russa e avisou: — Vamos descer.

— Um momento, professor Kimbabue — pediu a moça. — Temos um disparo agendado em andamento. O procedimento correto é esperar os vinte minutos de aceleração e...

— Tolice — retrucou o homem. — Estaremos de volta antes disso. Só vou descer e mostrar o Pandora para as crianças. Vamos, senhorita. Estou certo de que vai gostar.

Deu o braço para ela e a foi levando. Shiaka olhou para um relógio digital sobre o console do computador que marcava 19:03.

Dezenove minutos e três segundos. O número piscou.

Dezenove minutos, dois segundos, e contando.

58

7. Epimeteu

Voltaram ao elevador, e ele os levou cinco andares para baixo. Saíram em um corredor de onde Maria ouvia um zumbido estranho, como se um motor elétrico estivesse ligado. Ali sim, havia uma sensação de que se andava pelo corredor de uma nave espacial.

— Não sei se você sabe por que nosso projeto se chama Epimeteu — começou Kimbabue espiando Céu. — Você conhece a história da Caixa de Pandora?

Ela concordou.

— Não era aquela moça grega que tinha uma caixa dentro da qual estavam todos os males do mundo? — indagou.

— Os males, os bens, há várias versões. Em todo o caso, depois que tudo saiu de lá de dentro, só sobrou dentro dela a esperança. Epimeteu era o marido de Pandora, um dos titãs, irmão de Prometeu. De acordo com os gregos, Epimeteu criou os homens, e Prometeu roubou o fogo para dar-lhes inteligência. Pandora foi uma vingança de Zeus.

– Se foi Prometeu quem roubou o fogo dos deuses para dar conhecimento aos homens, o projeto não deveria se chamar Prometeu? – questionou ela. Shiaka deu uma risada e socou o ar em triunfo.

– Eu sempre disse isso! – comemorou.

Tinham caminhado alguns metros até uma porta que o físico teve de fazer força para abrir e então passaram para um salão bem menor do que o superior, mergulhado na semiobscuridade. A maior parte da luz vinha dos computadores e de um par de capacitores largos, cilíndricos e baixinhos, que de vez em quando emitiam chispas azuis. Maria imobilizou-se, trêmula, mas o professor bateu de leve na sua mão e sorriu.

– Não precisa se assustar, pequena, se você não entrar lá, eles não vão fazer nada para você.

"Lá" era uma parte do salão isolada por uma parede de vidro grosso. E no meio dela, entre os capacitores, havia uma espécie de cápsula oval do tamanho de um colchão de solteiro. A cápsula flutuava há alguns centímetros do chão e, por alguns instantes, Maria ficou procurando os suportes da coisa.

– Pai... – sussurrou o garoto passando por ela e parando diante do vidro de boca aberta. O professor aproximou-se e bateu no ombro do jovem.

— Ele está ali dentro, filho. Narhari conseguiu isolá-lo e estabilizá-lo na Caixa de Pandora.

Maria aproximou-se do vidro e encostou a mão, procurando ver um pouco mais. Uma chispa zangada saltou do capacitor mais próximo e estabeleceu contato com o vidro. Maria pulou de novo, e Shiaka sorriu para ela.

— Venha — convidou pegando sua mão. — Não tenha medo.

Pressionou-lhe a palma no vidro com suavidade, segurando-a ali, entrelaçando seus dedos com os dela. Outra chispa azulada saltou e fincou raízes no vidro, zunindo e se contorcendo enquanto resmungava. Maria sentiu os pêlos do braço se eriçarem, mas não estava segura se era de fato uma reação à Física.

— Onde essa coisa está apoiada? — perguntou.

— Em nada. A cápsula está feita de cerâmica, com a fórmula de Ching-Wu Chu. Extremamente dado ao diamagnetismo! — comentou o professor, como se isso explicasse tudo.

— Como é que é? — ela se perdeu.

— A cerâmica de Ching-Wu Chu é um supercondutor — explicou Shiaka. — Os supercondutores são feitos de um material que consegue formar um campo diagmanético. Sabe o que acontece quando você aproxima dois lados positivos de um imã?

Maria fez que sim.

— Eles se repelem — disse.

— Exato. Submetida à corrente elétrica, a cerâmica

de Ching-Wu Chu, em certa medida, repele o campo magnético da Terra.

– Certo. Estamos dando uma mãozinha, com a ajuda dos capacitores. O mesmo princípio diamagnético mantém o buraco negro estável dentro da cápsula – explicou o físico.

Uma das assistentes do laboratório aproximou-se do trio.

– Desculpe, professor, pode pedir para eles tirarem as mãos do vidro? Estamos recebendo uma leitura de oscilação – pediu ela, educada.

Maria tirou lentamente a mão debaixo da de Shiaka, que fez que não tinha percebido nada e enfiou as duas mãos no bolso. A garota observou-o de lado por um momento, antes de voltar sua atenção outra vez para a cápsula dentro da sala de vidro.

Então segurou a respiração. A descarga elétrica que tinha iluminado tudo de branco e azul por aqueles breves momentos, desaparecera, e agora ela podia ver o interior sombrio da sala cortado por estranhos jatos finíssimos de luminosidade rosa choque. Os raios muito finos, cintilavam numa reta perfeita por um instante, saídos da estrutura da cápsula numa breve explosão. Depois, quase tão rápido quanto tinham aparecido, se curvavam e formavam arcos. Quando faziam isso, Céu imediatamente sabia que eles sempre tinham sido curvos, apesar de ter certeza de que um instante antes eram retos. Era uma sensação tão esquisita, que ela afastou-se do vidro.

PADRÃO 20: A AMEAÇA DO ESPAÇO-TEMPO

– Esses raios... o que está acontecendo? A cápsula está vazando? – ela murmurou com a voz sumida de terror, lembrando todos os artigos apocalípticos que tinha lido durante seu trabalho: o buraco negro nada mais era do que um nada negro, sugando tudo ao redor.

O fim do mundo! Estava presenciando o fim do mundo!

– Os raios? Descargas energéticas, é claro – explicou o cientista. – Vocês aproximaram as mãos do vidro e formaram um condutor... Isso consumiu energia e começou a desestabilizar a corrente dentro da sala. A Caixa de Pandora não pode "vazar". Se isso acontecesse, aquela lâmpada acenderia e teríamos uma emergência de nível vermelho: o laboratório seria imediatamente evacuado por causa da radiação ultra-violeta.

– E o... o... o buraco negro dentro dela? – gaguejou Céu, pensando "isto não são raios elétricos, raios elétricos não são retos, e não são curvos, e não são uma coisa e depois outra, como se jamais tivessem sido algo diferente!"

– A singularidade? Desapareceria, consumida por si mesma – respondeu o homem suspirando. – De qualquer maneira, temos de ir embora. Vocês não devem ficar tanto tempo expostos a um campo magnético deste tipo depois da confusão de hoje.

Céu não conseguia se mover, os olhos cravados na cápsula. A medida em que as pessoas ao seu redor iam comentando que os níveis magnéticos tinham se estabilizado, a Caixa também perdeu o seu fulgor estranho.

Mesmo assim, ela estremeceu quando Shiaka a pegou no braço.
– Vamos indo? Você está bem?
Ela olhou para o rapaz e percebeu que estava enxarcada de suor. Espiou a cápsula de novo.
Tudo estava escuro dentro da sala de vidro com excessão das chispas dos eletrodos. Respirando com dificuldade, Maria se afastou da vidraça e seguiu seus dois anfitriões.
O elevador os esperava. Depois de uma breve e silenciosa viagem, a portas se abriram e o professor se apressou pelo laboratório principal. A situação, agora, bem diferente da que tinham deixado. A descontração havia desaparecido, substituída por um silêncio atento. O único idioma que se ouvia era o inglês. As frases eram econômicas e objetivas e, de vez em quando, alguém olhava para o relógio digital sobre os consoles dos computadores.
Cinco minutos, quatorze segundos e contando.
– Vamos, vamos ver o registro – convidou o físico. O trio juntou-se a um grupo de pessoas que observava atentamente uma tela escura onde se viam quatro requadros, identificados como ATLAS, ALICE, CMS, e LHCb. À parte, havia uma tela mostrando outros dois requadros: o LHCf e o TOTEM. Abaixo delas, dezenas de consoles mostravam gráficos coloridos. Um era dedicado ao Epimeteu.
De repente, um jovem barbudo e de óculos abriu passo entre os demais, pegou o braço do professor Kibabue

PADRÃO 20: A AMEAÇA DO ESPAÇO-TEMPO

e cochichou algo em seu ouvido. O homem acenou-lhe impaciente e ele voltou a insistir, mas o físico se irritou:

– Sim, sim, Jean! Depois veremos isso!

– Mas professor... o padrão pode se repetir!

– Oi, Jean! – cumprimentou Shiaka. O cabeludo voltou-se para ele e por um momento pareceu surpreso. Depois agarrou os ombros do rapaz e o sacudiu, incrédulo.

– *Mon ami*! Me disseram que você estava vivo, mas eu, sinceramente, duvidei! – comemorou abraçando Shiaka, que riu, divertido. Alguém fez um "chhh" zangado e os dois baixaram o volume. Depois ele voltou-se e, ainda cochichando, apresentou Maria para o francês.

– *Enchanttè, enchanttè!* – ele disse nem um pouco interessado nela. Levou até a boca o polegar cuja unha já estava roída até quase a raiz e olhou o professor de novo.

– Escutem, vocês vão ficar vendo isso? Porque eu ainda tenho de recolher os últimos dados do programa que criei. O padrão das fissuras é tão claramente visível que só não o vimos antes porque não olhamos! – resmungou ele, aborrecido.

– Minha amiga e eu gostaríamos de ver o resultado dos choques das partículas – Shiaka o interrompeu.

"Eu, hein?" pensou a garota franzindo a testa.

– Por que não tomamos um café daqui a pouco? – continuou Shiaka. – Quero lhe contar sobre o T-Rex.

– Rapaz, e eu quero ouvir! – gritou Jean atraindo vários olhares zangados. Cosmo apareceu do nada e sacudiu a cabeça de cima para baixo com força, aborrecido.

– Certo, então. Daqui dez minutos encontramos você na cafeteria. Vamos sentar perto de Shiva. Vá pegando um café expresso para mim – pediu Shiaka, livrando o amigo de uma reprimenda maior. Jean concordou e afastou-se sob o olhar zangado de Cosmo.

Logo faltava pouco mais de um minuto para o choque. Shiaka se voltou para Maria de repente e comentou:

– Bem, eu espero que você não tenha se decepcionado.

Ela se surpreendeu.

– Ora, com o quê?

– Com o Pandora. No laboratório, na verdade, não há muito o que ver a não ser a cápsula flutuando. É legal, mas eu reconheço que não é muito emocionante.

– Eu achei bacana – replicou Céu. – Sobretudo aqueles... aquelas... luzes liláses.

– Luzes liláses? – ele estranhou olhando para ela como se a visse pela primeira vez.

– Bem, não eram liláses, exatamente. Talvez fúccia. Sei lá, não sou muito boa em cores.

– Mas do que você está falando? – ele indagou.

Neste momento os números nas telas dispararam. Algumas pessoas bateram palmas. Um gráfico começou a se iluminar, primeiro com alguns riscos esparsos e logo com uma profusão deles. E, no meio de tudo, entre as pessoas da sala, subitamente um jato da mesma luminosidade sem luz que ela tinha visto no laboratório inferior varou o ar, embora ninguém tenha dado a menor bola. A diferença é que o vetor foi muito mais largo e não tornou-se uma curva, como os que a garota tinha visto no subsolo.

— Daquilo! — ela gritou, levantando os olhos. Mas já era tarde, sabia: o jato desaparecera no teto. Ela apontou para cima, mas não havia sequer uma marca no forro branco. Shiaka subiu o olhar lentamente, depois voltou a baixá-lo.

— Maria, o que foi que você viu afinal de contas? — indagou intrigado.

8. O Restaurante do Fim do Universo[6]

– Um jato cor de rosa? Mas que coisa mais carnavalesca! Bem se vê de onde você veio! Brasil! Huhuhu! Carnaval e samba! – riu Jean, abrindo bem o primeiro "a" de "samba".

Maria lançou-lhe um olhar fulminante e depois voltou-se para Shiaka, que se reclinava na cadeira com um dos pés apoiado no assento ao lado, tomando tranquilamente seu café.

– E você, o que achou? Faltou paetê? – ela irritou-se.

Shiaka moveu os lábios num sorriso fechado.

– Eu não vou dizer nada. Um sujeito que passou a manhã inteira caçando um T-Rex não tem o direito de

---

[6] *The Restaurant at the End of the Universe*, Douglas Adams, 1980.

duvidar de você – respondeu endireitando a cadeira. Espiou Jean meio de lado. – Aliás, um sujeito que ganha a vida procurando padrões dos mais amalucados na rede, tampouco deveria achar engraçado. Você sabia, Céu, que um dos passatempos prediletos de Jean é listar fotografias onde aparece Marilin Monroe? Ele conseguiu encontrá-la, quando ainda era Norma Jean Baker, numa foto de um desfile militar de 1943, do qual participava seu primeiro marido! Porque você acha que a gente o chama de Jean e não de Michel?

– Engraçadinho – resmungou o cabeludo, sorvendo seu refrigerante ligth. – Talvez porque Jean seja meu primeiro nome? Nem se diz igual!

– É uma homenagem, acredite – zombou o outro. Depois ficou sério: – Agora, o que você queria contar para o meu pai que não podia esperar?

Jean o espiou, depois olhou apressadamente ao redor. Estavam sentados junto a uma mesinha, num espaço aberto entre dois prédios. O chão era de placas de granito, e o lugar era presidido pela majestosa estátua de Shiva Nataraja, o deus indiano que com sua dança destruía e criava o universo o tempo todo. Falando francamente, Maria teria preferido que Shiaka não tivesse tocado no assunto. Contudo, olhando para a imagem, a força delicadamente contida no equilíbrio de suas linhas perfeitas, e depois para o céu azul que se via além do halo de pequenas chamas que o circundavam, a garota imaginou que talvez tudo fosse assim mesmo, uma Criação constante, que jamais terminava. Compreender aquela dinâmica era o objetivo final de todo aquele projeto, pensou ao mesmo tempo em que um grupo de telefonistas duas mesas mais além terminava seu café alegremente, cantando "parabéns à você" para uma delas. A vida sabe mesmo ser prosaica. O jovem francês debruçou-se sobre a mesa e baixou a voz.

– Bom, *Shiaúsca*, você deve saber que o seu pai ficou meio preocupado depois do segundo episódio com a fissura. O pessoal da segurança e da mídia começou a fazer umas perguntas para as quais ele não tinha uma resposta na ponta da língua, como é o seu costume.

Shiaka torceu o nariz ao ouvir o diminutivo que Svetlana costumava aplicar-lhe nos momentos mais irritantes – e mais tensos, também lembrou Maria – mas prestou atenção.

– Então ele me pediu para verificar listas de notícias e descobrir se o evento era um efeito colateral recorrente para todos os disparos, ou só para os que registravam buracos negros.

– Aparecem muitas coisas dessas? – perguntou Céu inclinando-se para frente.

– Em cada disparo, não. Mas, toda vez que chocamos os feixes de prótons, existe uma probabilidade expressiva de que se formem buracos negros – explicou o francês. – E ela se concretizou algumas vezes.

– Duzentas e trinta e seis, para ser mais exato – comentou Shiaka despreocupado.

– Não: exatamente duzentas e trinta e sete. A última gerou uma singularidade dupla. A primeira foi eliminada artificialmente, disparando a fissura que deu origem ao dinossauro. Existe mesmo uma relação. A segunda, o seu pai pegou. Eu descobri que cada vez que o laboratório apressa o decaimento de uma singularidade para eliminá-la, acontece um evento desses – continuou Jean sob o olhar apavorado da moça. – Então em três, tivemos uma fissura registrada no *contínuo* do espaço-tempo, após a eliminação artificial de uma das singularidades...

– Espaço-tempo? Lá vem *Guerra nas Estrelas* de novo. Alguém pode me explicar o que é essa coisa? – irritou-se Maria.

Shiaka explicou:

– Você deve ter aprendido que vivemos todos em três dimensões: comprimento, largura e altura, certo?

Ela balançou afirmativamente a cabeça.

– O que normalmente não se comenta é que, na verdade, vivemos em quatro dimensões: comprimento, largura, altura e tempo. Se não fosse essa quarta dimensão, apesar de toda a largura, o volume e o comprimento, não haveria movimento. Ninguém dançaria no carnaval – ele brincou, amigável. – Não se ouviria sequer o som dos tambores, porque até o som precisa de tempo para se propagar.

– E, é claro, Zinedine Zidane não teria metido aqueles dois golaços de cabeça no final da copa de 98 contra o Brasil – completou Jean.

– *Voilà*! – gritaram os dois rapazes batendo as palmas das mãos, comemorando. Céu cruzou os braços, irritada.

– Você nem tem idade para lembrar disso! – disparou contra Shiaka. Ele manteve o sorriso, sorveu o refrigerante e balançou os ombros em sinal de pouco caso. Ela respirou fundo. – Bom, e daí? O que a cabeça dura do Zidane tem a ver com o *contínuo* do espaço-tempo? – grunhiu.

– Sem as coordenadas do *contínuo*, Zidane não poderia fazer o gol – continuou ele. – O tempo e as três dimensões formam um conjunto de coordenadas através das quais podemos designar um ponto, o "acontecimento": no dia 12 de julho de 1998, às 16 horas e 27 minutos, Zidane salta na área do Brasil no Estádio da França, em Saint-Denis, e cabeceia a bola, que entra gol adentro. Não às 16 e 25 no Estádio da França, ou às 16 e 27 de algum lugar do Hawaí, mas exatamente naquele instante e exatamente naquele lugar. Um acontecimento no espaço-tempo.

Maria franziu os lábios cansada da gozação.

– Quer dizer que se eu puder determinar o lugar no espaço tri-dimensional, e exatamente o momento, terei um acontecimento espaço-temporal? – perguntou debruçando-se para o lado de Jean.

– Não um acontecimento qualquer, moça – ele concordou. – Mas "o" acontecimento. Apenas um em cada local, em cada momento designado!

A garota sorriu e virou, deliberadamente, o copo de refrigerante, jogando o resto do líquido na camiseta do francês. Depois consultou seu relógio e comemorou:

– Você tem toda razão: ao lado de Shiva, 28 de julho, 15 horas e trinta e dois minutos. E você está todo enxarcado de refri ligth! Um acontecimento e tanto.

Shiaka caiu na gargalhada, enquanto o amigo se sacudia aborrecido. Foi preciso um bocado de adulação para que ele continuasse a falar.

– Você tem certeza de que cada vez que forçamos o decaímento de uma singularidade ela gera uma fissura? Três eventos não passam de uma amostra. Talvez você tenha se enganado em algum ponto – sugeriu o rapaz.

Jean-Michel riu um pouco, sacudindo a camiseta e respingando algumas gotas em Maria.

– Três? – repetiu. Debruçou-se sobre a mesa. – O número exato é dezenove, com o T-Rex desta manhã.

Shiaka fechou o sorriso. Maria piscou atordoada.

– As três fissuras no espaço-tempo que o laboratório conhece, estão acompanhadas de outras dezesseis de que ninguém tem notícia – continuou Jean. – São decaimentos que simplesmente não foram registrados, mas que encaixam no padrão que descobri. Todos têm a assinatura magnética do processo forçado pelo laboratório. A relação é muito clara.

Ele olhou para Shiaka, que o fitava, muito sério.

– Você sabe o que significa isso, não sabe? – indagou o francês, suavemente. O garoto sacudiu a cabeça, bem de leve.

– Significa que alguém anda manipulando o decaimento de buracos negros – murmurou.

– Certo. Dá a impressão de que são ordens de cima. Se a comunidade descobrir que há uma ocorrência tão grande de singularidades que geram coisas como as fissuras, vão pressionar para que o LHC seja definitivamente desligado.

As telefonistas começaram a se mover em direção ao fim da esplanada e o trio ficou em silêncio, esperando elas se afastarem. Shiaka chegou à desagradável conclusão de que seu pai andava metido em alguma falcatrua administrativa, mas aí Jean-Michel conseguiu piorar a situação:

– O caso, *mon ami*, é que eu não acredito que a diretoria ordenaria uma coisa tão estúpida. Os registros do Epimeteu são, atualmente, os mais controlados do projeto. Se fossem ordens de cima, seu pai não teria me pedido que fizesse o rastreio.

– Como assim? – Shiaka parecia francamente abatido.

– Alguém está obrigando os buracos negros a decaírem e apagando o registro dos mesmos por conta própria. Alguém está provocando fissuras e nós sabemos que há muita gente que ia ficar satisfeita se ocorresse uma catástrofe que obrigasse o desligamento definitivo do LHC. Fanáticos religiosos, interesses econômicos, inveja... Você sabe do que estou falando.

– Como assim? – perdeu-se Maria. Jean-Michel a fitou e sorriu, mas antes de continuar, Shiaka comentou casualmente, bebendo seu café sem encarar ninguém:

– Bom, o meio científico é formado por pessoas, Céu. Inveja não é privilégio de ninguém, e no meio em que meu pai trabalha, a disputa é acirrada. Muita gente que não foi aceita para trabalhar no projeto ia gostar que ele fosse encerrado ao velho estilo de "se LHC não for meu, não será de mais ninguém".

Maria riu um pouco da voz de vilão que ele fez. Shiaka ficou admirando seu sorriso antes de continuar:

– Quanto aos interesses econômicos, o CERN é o mais moderno laboratório do mundo envolvido com o estudo de partículas subatômicas, mas não o único. Existem alguns que perderam a corrida na construção de uma máquina como o LHC e eles seriam os primeiros beneficiados no caso de algum problema encerrar definitivamente as atividades do colisor.

E voltou ao café. Jean aproveitou a deixa e voltou o seu discurso:

– Bom, como eu dizia, o padrão que encontrei é bastante simples. Vinte minutos após decaimento artificial de uma singularidade, o *contínuo* do espaço-tempo se rasga e alguma coisa estranha acontece. Um navio mercante na costa dos EUA avistou um navio e em seguida recebeu um pedido de SOS, 20 minutos após o registro de um dos disparos aqui do LHC, no dia 15 de abril. Quando chegou ao local, a tripulação não viu nada. O detalhe: vários marinheiros destacaram que o navio tinha quatro enormes e obsoletas chaminés.

Shiaka piscou sem entender, mas Maria, que assitira ao filme três vezes, sussurrou:

– Era o Titanic?

– Exatamente. Há um mês, um engarrafamento parou, o centro antigo de Londres. Motivo? Uma carroça

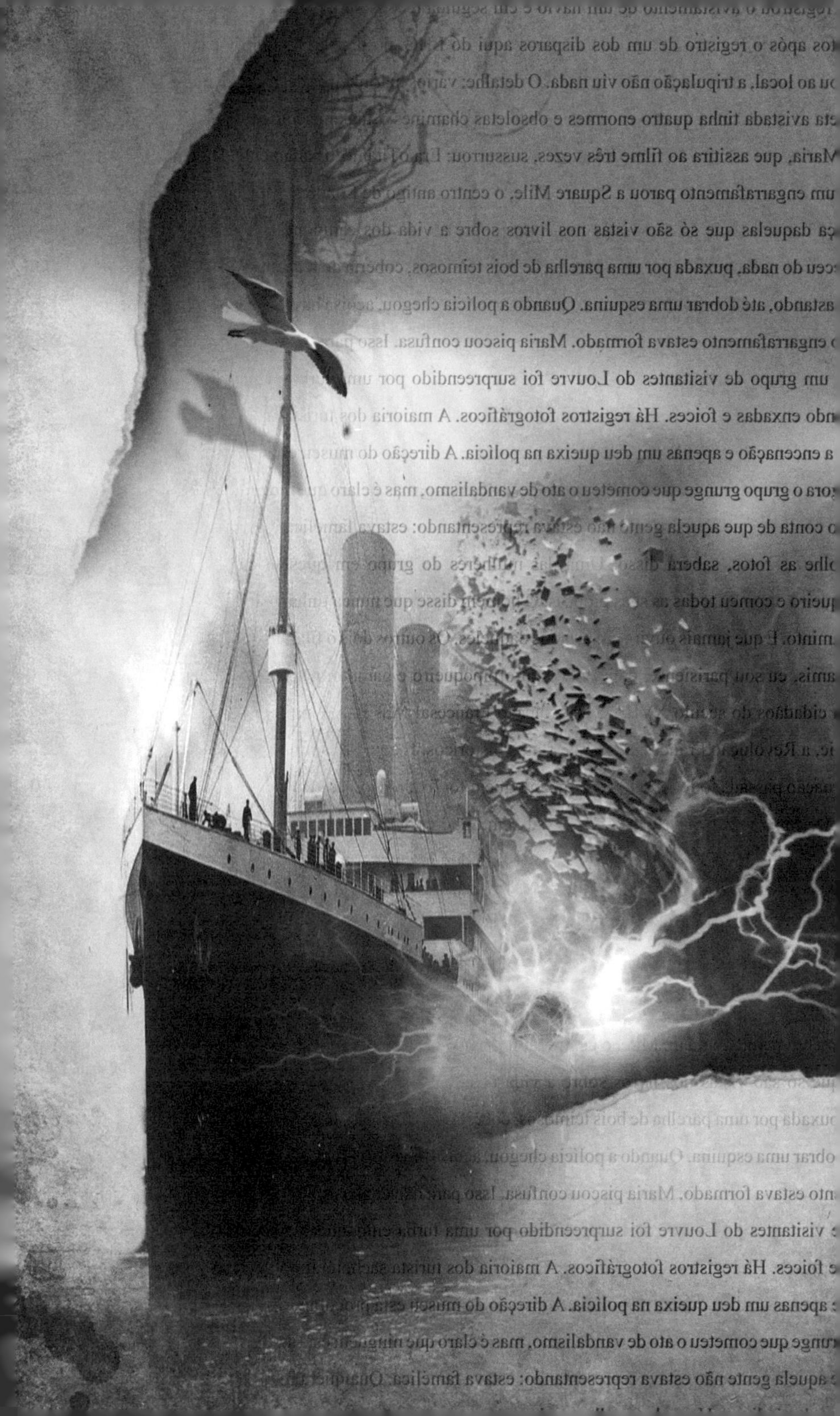

daquelas que só se veem nos livros sobre os camponeses medievais apareceu do nada, puxada por bois teimosos, coberta de feno até o alto e foi se arrastando, até dobrar uma esquina. Quando a polícia chegou, a coisa havia desaparecido, mas o engarrafamento estava formado.

Maria piscou confusa.

— Isso para não contar que, em julho, um grupo de visitantes do Louvre foi surpreendido por uma turba enlouquecida, portando enxadas e foices. Há registros fotográficos. A maioria dos turistas achou muito legal a encenação e apenas um deu queixa na polícia. A direção do museu está procurando até agora o grupo grunge que cometeu o ato de vandalismo, mas é claro que ninguém está se dando conta de que aquela gente não estava representando: estava famélica. Qualquer um que olhe as fotos, saberá disso. Uma das mulheres do grupo em questão atacou um pipoqueiro e comeu todas as suas pipocas. O homem disse que nunca tinha visto ninguém tão faminto. E que jamais ouvira um sotaque daqueles.

Os outros dois o fitaram e ele sorriu:

— *Mes amis,* eu sou parisiense, conversei com o pipoqueiro e garanto: não eram grunges. Eram cidadãos do século XVIII.

— A Revolução Francesa!

— Mas isso é muito esquisito: o Titanic, a Revolução Francesa... grandes fatos históricos. É como diz um amigo meu, na encarnação passada todo mundo foi faraó, ninguém foi lixeiro! — protestou Maria. Jean fez que não.

– Você se engana: temos o carroceiro, em Londres. Mas não só ele. A maioria dos eventos está ligado a coisas pequenas, que passam desapercebidas: um sujeito que cai da torre de uma catedral gótica, mas ninguém encontra seu corpo. Um viking, em Oslo: as pessoas tendem a pensar que é a divulgação de algum evento. Um grupo de aborígenes apareceu junto ao Rio São Lourenço, em Quebec, no Canadá, mas, e daí? A única real diferença entre eles e os seus atuais representantes é que sumiram diante dos olhos da tripulação de um iate que estava atracando. Talvez a incidência de casos históricos esteja relacionada com o Princípio da Incerteza de Heisenberg: a necessidade de observar o elétron em uma posição em torno do núcleo do átomo ou o seu movimento, altera o resultado do que se vê, porque altera o estado do elétron. Ou seja, o observador influi no resultado do que observa. Talvez esses acontecimentos do espaço-tempo recebam muita "observação" de nossa parte: os marinheiros que avistaram o Titanic podiam estar pensando que foi justamente naquela latitude em que ocorreu o desastre. Se ninguém estivesse pensando nisso, talvez a fissura tivesse se revelado de outra forma e sequer a teríamos notado. O grupo do *Louvre* talvez discutisse os princípios da Revolução Francesa. Os engarrafamentos nas grandes cidades sempre nos fazem pensar em calhambeques e carroças de bois. Acontecem muitas coias estranhas hoje em dia, mas as pessoas não só as ignoram, como esquecem o que viram.

Levantou o indicador e sorriu, satisfeito:

– Mas a internet não esquece. Ela é a memória do nosso tempo!

Os três ficaram um instante em silêncio.

– Mas como é que isso acontece? Quero dizer, o carroceiro, o Titanic, o Rex... eles parecem surgir em ordem aleatória, não numa linha ordenada de tempo – murmurou Shiaka.

– Ah, isso eu não sei. Tudo o que sei sobre as fissuras é isso: elas se formam vinte minutos após o decaimento artificial de uma singularidade, abrindo um buraco no contínuo e deixando aflorar episódios de diferentes épocas. Talvez a "profundidade" desta ruptura esteja relacionada com a quantidade da energia disparada pela singularidade ao se desfazer. Eu penso isso, porque a singularidade decaída esta manhã foi a segunda maior até agora, um pouco menor, apenas, do que aquela que o professor prendeu na Caixa de Pandora. Isso explicaria por que não apenas são épocas distintas, como também por que estes eventos não estão em ordem cronológica. Afinal de contas, as singularidades não são sempre iguais.

– Se isso cair nos ouvidos da imprensa... – sussurrou Shiaka, estremecendo.

– O pior vai ser se essa informação cair nos ouvidos dos grupos de fanáticos que têm se esmerado em aumentar o que acontece aqui dentro e fazer circular na rede todo o tipo de mentiras – cortou Jean-Michel levantando-se. – Você sabe que teve gente dizendo que o problema do LHC, em setembro de 2008, foi causado por uma migalha de pão? Você pode acreditar nisso? Teve gente dizendo que isso foi um sinal dos Céus, que Deus não queria que o acelerador fosse usado! Gente feito aqueles malucos da Ciência Divina.

O rosto de Shiaka se fechou e Jean-Michel bateu no seu ombro.

– Você sabe que eles não têm o menor escrúpulo.

– É, infelizmente eu sei – murmurou o rapaz, baixando o olhar. Jean-Michel olhou para o relógio digital e suspirou. Remexeu no bolso e tirou de lá uma pequena réplica da *Enterprise* original, a nave do *Star Trek*.

– Olha, fica com meu pendrive – pediu. – Todos os dados da minha pesquisa estão aí, no arquivo "Padrão 20", é só mostrar para o seu pai e comentar com ele o que a gente falou. Talvez você consiga falar com ele hoje à noite. Eu não posso ficar. Tenho de ir à Paris. Se precisar, ligue para mim.

– Valeu, Jean-Michel, obrigado – mumurou Shiaka segurando o pendrive em forma de nave espacial. O francês virou-se para Maria e inclinou-se.

– *Enchantè*. De verdade, você é muito bacana... apesar do banho de refri.

– Você mereceu – ela sorriu e lhe deu um beijo na bochecha. – Aproveite a viagem.

– *Adieu*! – ele disse, e se afastou depressa. – Só não vá entrar nos meus arquivos X aí de dentro, Shiaka! Tem umas ideias que o professor não ia aprovar que você realizasse com Svetlana! Ou com a sua nova amiga!

Maria enrubesceu, mas quando se voltou para Shiaka, percebeu que ele não tinha sequer ouvido o que o amigo lhe dissera por último. O que se passava ali era muito sério. Ela olhou ao redor e lembrou de tudo o que havia lido sobre o projeto: o LHC era a maior máquina já construída pelo homem. Sua circunferência tinha quase 27 km de comprimento, e passava sob a fronteira de dois países, como um elo. Nele haviam sido empregados aproximadamente três bilhões de euros e, como ela mesma tivera a oportunidade de constatar, havia gente de várias nacionalidades – algumas, inclusive, que eram vistas como rivais comerciais e políticas – trabalhando lado a lado. E tudo isso tinha sido construído para o conhecimento e não para a guerra. Deveria ser motivo de orgulho! De alguma maneira, ela sentia que desejar sabotar um projeto como esse, era como sabotar a boa vontade entre homens que conviviam em paz.

9. O Cair da Noite[7]

Em vão, Shiaka tentou falar com o pai.

– Ele foi convocado para uma reunião com a diretoria por causa da confusão de hoje de manhã – explicou Svetlana absorta, enquanto digitava um e-mail em japonês. – Fique feliz que conseguimos livrar você e Maria dessa chatisse, ou vocês iam passar as próximas horas ouvindo um bando de burocratas falar sobre índices de aceitação popular.

– Mas eu preciso falar com ele agora...

– É o fim do mundo? Não é, porque se fosse eu saberia – cortou Svetlana dirigindo-lhes aqueles lindos e gelados olhos azuis. – Por que você simplesmente não vai para casa e leva a sua amiguinha para jantar?

---

7 *Nightfall* (conto), Isaac Asimov, 1941.

De verdade, o tom que Svetlana usou para "amiguinha", foi muito desagradável. Fez Céu sentir-se uma menina de cinco anos de idade. Shiaka remexeu-se, inquieto e a russa completou:

– Quando a reunião terminar, avisarei o professor de que você precisa falar com ele.

– Está bem – capitulou o rapaz. – Onde vamos hospedar Maria?

– Ela vai ficar com vocês na chácara – respondeu Svetlana. – Eu mandei suas coisas para lá depois que o pessoal do departamento médico pediu para ela ficar por perto até depois de amanhã.

– Comigo e meu pai? – engasgou-se o rapaz. – Mas onde ela vai dormir?

– Pelo amor de Deus, Shiaka, me deixe em paz! A casa é sua! Pelo menos empreste o sofá da sala! – explodiu Sveta. – Já não basta ter matado aula hoje de manhã e se metido com aquela droga de dinossauro antes de quase me matar de susto? Sabe a reprimenda que levei por causa disso? Você é minha responsabilidade! E, que droga, tem horas que eu me arrependo de ter concordado com isso!

Maria espiou ao redor e viu que todo mundo por perto fingia que não estava ouvindo. Ela enrubesceu e tocou o braço do companheiro.

– Acho que é melhor a gente ir andando – sugeriu. Shiaka, que recuara ao ouvir a bronca, concordou.

– E deixe a porcaria do seu celular ligado se não quiser se meter em mais encrenca, mocinho! – terminou a russa, voltando-se para a mensagem em japonês.

Shiaka guiou Maria em silêncio até o exterior do laboratório, tomando a direita quando saíram do prédio. Havia um bicicletário bem próximo, e várias bicicletas estacionadas. Shiaka pegou duas delas e passou uma para a garota.

– Espero que você saiba andar – ele murmurou. Parecia preocupado e vexado ao mesmo tempo. – Bicicletas são o principal meio de transporte aqui do CERN. Estas aqui são fornecidas pelo laboratório. As pessoas as pegam quando entram no complexo.

– Mas... ninguém vai reclamar? – estranhou Maria.

Ele a olhou, estranhado.

– Esta aqui eu peguei hoje pela manhã. E a sua é a do meu pai. Vamos deixá-las na saída. Papai pegará a sua quando sair, não se preocupe. Ele merece caminhar um pouco.

Maria concordou sem uma palavra e os dois puseram-se a pedalar pelo complexo, contornando um campo e ganhando, em poucos minutos, uma guarita próxima a uma das entradas. As bicicletas ficaram ali, e Céu teve de deixar também seu crachá de estudante. Seguiram à pé, ganhando rapidamente a rótula logo em frente e descendo alguns metros para atravessar a *Route de Meyrin*. Do outro lado, ele tomou uma estrada que parecia mergulhar no campo arado, mas logo houve uma curva à direita, e um pouco depois estavam em uma estrada ainda mais estreita. Havia uma casa cercada por altos arbustos e o rapaz caminhou até lá, sempre em silêncio. Maria aproveitou para desfrutar dos últimos raios de sol da bonita tarde em que se transformara aquele dia estranho. Percebeu que estava louca de fome – o milk-shake que tomara no restaurante tinha sido só para enganar o estômago –, doida por um banho, e que o passeio estava lhe fazendo muito bem. Deu até para sacudir os cabelos escuros e abrir os cachos na brisa que soprava desde os campos, à esquerda. E que lindos campos eram!

Uma placa avisava *Chemin de Maisionnex*. Shiaka parou junto ao portão, sacou do bolso o seu crachá e introduziu-o por uma ranhura em um pequeno poste de metal junto a um portão antigo. Quando chegaram à casa propriamente dita, a porta da frente estava aberta e alguma coisa acendera as luzes da recepção.

– Casa inteligente – ele murmurou sorrindo de verdade pela primeira vez desde a bronca de Svetlana. Maria concluiu que ele de fato gostava da russa.

O sobrado era pequeno, situado em um terreno cercado de arbustos e coberto por um bonito gramado. Possuía peças amplas e arejadas, embora um tanto impessoais. Apenas a cozinha tinha uma atmosfera acolhedora, o resto parecia ainda estar sujeito à mudança, tanto que havia várias caixas espalhadas pelas peças. As duas malas e a frasqueira de Maria estavam junto da porta da sala.

– Vocês estão vivendo aqui há pouco tempo? – ela perguntou, interessada.

Shiaka parou junto a um console de computador e ligou o aparelho.

– Deixe ver... faz dois anos – respondeu. Ela fez uma cara surpresa que ele percebeu.

– Viemos para cá a convite do CERN, para meu pai trabalhar no projeto que se dedica ao estudo de buracos negros. É a sua especialidade. Eu ainda não me animei a por tudo em ordem e papai passa o tempo todo no laboratório. As coisas não vão sozinhas para os seus lugares.

– E a sua mãe?

Foi fazer a pergunta e perceber que tocara em um assunto dolorido. Shiaka encolheu-se, como se tivesse pisado num espinho.

– É... bem... eu sabia que você ia perguntar mais cedo ou mais tarde.

Passou por ela, pegou suas malas e subiu a escada sem responder à pergunta. Maria, um pouco indecisa, agarrou sua frasqueira e o seguiu. O andar de cima estava ainda mais desorganizado que o térreo. Um minúsculo aposento estava tomado de livros e computadores. Havia uma cama de solteiro e várias roupas de adulto espalhadas pelos móveis. Shiaka pediu desculpas e disse que a pessoa encarregada da limpeza da casa só viria no dia seguinte. O segundo quarto era o dele. Um pouco maior e mais organizado.

O quarto grande era a peça mais bonita. Uma confortável cama de casal tomava conta do espaço, que contava ainda com uma penteadeira antiga, um grande espelho e um banco diante dele. Shiaka entrou no quarto cabisbaixo e deixou as malas diante da cômoda antes de andar até a janela na ponta dos pés, como se não quisesse acordar ninguém. Abriu-as, e o entardecer encheu o lugar com uma suave luz acetinada. Um pouco mais adiante, mas diretamente em frente, as linhas de alta tensão que alimentavam os transformadores do laboratório cortavam a paisagem. Mais além ficava o monte Jura, com seu delicado debrum de neve. Shiaka debruçou-se ali e fitou-o como se fosse a única coisa que houvesse no mundo.

– Está vendo as montanhas? – ele perguntou com a voz triste. – Uma vez fomos fazer um piquenique lá. Minha mãe adorou.

Suspirou.

– Isso foi no mês em que nos mudamos.

Voltou-se para a brasileira e piscou o olho, tentando parecer satisfeito, mas só conseguiu parecer ainda mais triste.

– Você fica com esse quarto. Era dos meus pais – disse. – Está limpo, eu costumo mantê-lo em ordem.

– O que aconteceu com a sua mãe, Shiaka? – perguntou Maria, sentando-se na ponta da cama. Ele suspirou e se apoiou na janela.

– Depois que viemos para cá, houve uma série de ameaças contra o pessoal que trabalhava no LHC. Algumas pessoas queriam acabar com o projeto. Alguns colaboradores desistiram depois que houve tentativas de sequestro. A mim tentaram pegar duas vezes, mas eu sou meio... escorregadio. Nem contei para o meu pai.

Ele conseguiu sorrir para ela. Maria esperou, e já sabia que não ia ouvir nada de bom.

– Foi um erro, eu devia ter contado. O pessoal ia ter se preocupado mais com a nossa segurança. Um dia, minha mãe vinha voltando do supermercado, em *Meyrin*, quando um carro preto cortou sua frente. O carro dela ricocheteou nas laterais do viaduto, perto do aeroporto, e capotou. Ela morreu.

Maria apertou os lábios.

– Nossa, Shiaka, eu sinto muito, muito mesmo – murmurou. Ele passou as mãos pelos olhos e, por um instante, pareceu apenas um garoto desorientado.

– Eu também – ele murmurou caminhando para a porta. – Até porque sabemos o nome da organização que estava por traz disso: a Ciência Divina. Eles reinvindicaram o atentado.

– Mas o que eles querem, afinal de contas?

– Que o LHC seja desligado. Essa gente tem medo que o laboratório termine provocando o fim do mundo, de verdade. Para falar francamente, são uns covardes. Pelo menos os outros grupos que se opõem às experiências do laboratório nos enfrentam de peito aberto: têm representantes, fazem manifestações, dão entrevistas, promovem seminários. São tolos, mas não têm medo da gente. A Ciência Divina, não. Eles são um grupo secreto e sem escrúpulo algum. Um dia serão pegos, mas, até lá, vivemos de sobreaviso.

Ele encostou-se no batente e tentou sorrir.

– Fique aqui. Papai ficará satisfeito, e mamãe iria gostar. Ligue para a sua mãe, deve ser um horário civilizado no Brasil. Pode ligar do fixo mesmo. Ele usa um programa de internet que faz a ligação sair com preço local. Tem toalhas limpas no armário e a porta, ali, é do banheiro do quarto. Você pode tomar um banho. Eu vou fazer uns sanduíches para nós e mais tarde podemos pedir uma pizza, se quiser.

– E você, não se importa se eu ficar aqui? – ela indagou, constrangida. – Posso dormir no sofá da sala. São apenas dois dias.

Shiaka a fitou seriamente por um longo momento. Então, bem devagar, um sorriso manso se espalhou por seu rosto.

– Não, eu não me importo – murmurou, fechando a porta e se afastando pelo corredor.

Maria respirou fundo e, já que ele tinha sugerido, correu para o telefone no criado mudo e ligou para casa. No segundo toque, a mãe atendeu, e as duas passaram algum tempo conversando. Depois do que lhe contara Shiaka, não foi preciso dizer para Céu ter cuidado, e por isso ela não contou para a mãe toda a confusão daquela manhã, nem que tinha passado o dia inteiro em um dos mais modernos laboratórios do mundo. Provavelmente ela nem ia acreditar, pelo menos na parte do Tiranossauro. Ouviu com atenção as entrelinhas da conversa dela e compreendeu que a organização do CERN tinha avisado que Maria apresentara sintomas de intoxicação alimentar, e que seria liberada em dois dias. Hanna tinha sido proibida de visitá-la porque ninguém tinha certeza de qual era o vetor da intoxicação, mas tudo indicava que tinha sido um canapé que comera na cafeteria aquela manhã. Nada sério para se preocupar.

"A verdade é que eu quase fui devorada por um dinossauro que andava por aqui há milhões de anos, por pouco não fui dissolvida por algum treco físico que não entendo, e terminei sequestrada por um gato apaixonado pela secretária do pai dele. Mas, tirando isso, nada de mais aconteceu!" foi o que Maria teve vontade de dizer quando a mãe lhe desejou melhoras e pediu que se cuidasse.

Maria ficou olhando para o aparelho um instante antes de desligar. "Desculpe pela mentira, mãe, mas de repente, pareceu que era o melhor para todo mundo", ela pensou.

Depois foi tomar um banho. Uma chuveirada longa e demorada, e desta vez não se preocupou com a conta da água, como Hanna insistia que fizesse. A senhoria era muito econômica com os banhos e mantinha um controle rigoroso sobre a permanência de seus hóspedes no chuveiro: quem gastava mais, tinha de pagar uma taxa extra. Mas, naquela tarde, Céu resolveu que merecia um banho mais longo.

Depois descobriu que, como de costume, esquecera de pegar as roupas. Enrolou-se na toalha e caminhou até suas maletas, onde escolheu com calma o que ia vestir. E então, justo quando ia se livrar do tecido molhado, Shiaka abriu a porta e entrou no quarto sem a menor cerimônia.

– Você ficou maluco, é? Ninguém o ensinou a bater primeiro? – ela gritou apertando a toalha ao redor si. O garoto a ignorou e voou para uma televisão de plasma presa na parede.

– Você precisa ver isso!

As imagens surgiram na tela. Primeiro, um grande monte fumegante, jorrando lava e uma nuvem imensa e preta, que disparava raios zangados em todas as direções. Depois, um grupo de pessoas entrando em um barco surrado, vestindo... togas!

– O que aconteceu? – indagou Maria arregalando os olhos. Como se tivesse escutado, a televisão abriu um letreiro embaixo da imagem: *Nápoles*.

– O Vesúvio entrou em erupção – murmurou Shiaka, os olhos presos na tela. – E pelo que entendi, vinte minutos depois do disparo feito no LHC hoje à tarde.

– Eu assisti a um programa que dizia que o Vesúvio está na iminência de uma nova erupção. Pode não ter nada a ver uma coisa com a outra – sussurrou ela. Na TV, gente corria, casas caíam, o caos e a destruição.

Então apareceu novamente o grupo de pessoas entrando no barco. Os cabelos, as roupas, as atitudes. Maria entendeu na hora.

– Esta não é a erupção que os estudiosos estão prevendo – murmurou Shiaka. – Esta já aconteceu: é a de 79 d.C. Veja estas pessoas: não são napolitanos! São habitantes de Pompeia! É o padrão que Jean-Michel encontrou, o tal "padrão 20"!

A garota sentiu os joelhos tremendo e sentou-se na beira da cama. A imagem mudou enquanto o jovem pegava o telefone.

– Vou ligar para o meu pai! Ele vai ter de me atender agora, nem que esteja falando com o Papa e...

– Shiaka?

O rapaz voltou-se para Maria, atraído pelo tom de voz dela, que beirava o pânico. Depois olhou para a TV.

A locutora agora falava sobre um assassinato que ocorrera perto do aeroporto. Alguém perseguira uma moto até o piloto descer dela e tentar, inutilmente, fugir a pé. O assassino o derrubara há poucos metros do alcance da câmara de segurança do aeroporto e desferira três tiros à queima-roupa. A polícia suspeitava de queima de arquivo.

A foto que aparecia no fundo era a do documento de trabalho que o sujeito carregava com ele e tinha sido tirada com uma câmera de alta definição, exatamente o mesmo tipo de equipamento que a segurança do CERN usava para tirar o retrato dos funcionários do laboratório.

E quem os fitava desde a eternidade era Jean-Michel.

10. Fuga para parte alguma[8]

Maria levou a mão até os lábios, assustada. Depois fitou Shiaka. O rapaz estava com a expressão fechada como não tinha visto até então. Uma lágrima escorreu pela bochecha dele.

— Aqueles desgraçados! — gritou de repente. Agarrou a escova de cabelo em cima da cômoda e atirou com raiva contra a TV. O vidro se partiu e foi pior ainda, porque a rachadura passava justo pelo meio do rosto de Jean. Ele virou-se para a garota.

— Vista-se depressa. Vamos para o CERN. Aqui não é seguro, não dá para garantir nada em uma casa isolada como esta. Eu vou descer e embrulhar os sanduíches.

---

8 *Fuga para parte alguma*, Jerônimo Monteiro, 1961.

Maria concordou em silêncio. Ele parou junto à porta e olhou por cima do ombro antes de sair.

– Deixe tudo... deixe tudo como está – disse. – Não feche suas malas ou as janelas. Faça de conta que continuamos em casa. Pegue seus documentos. Você volta para o Brasil amanhã. Mando suas coisas assim que der.

A garota concordou. Apressou-se com a calça jeans e a camiseta verde escura no lugar da uma blusinha de cambraia que tinha escolhido. Por uma razão que ela procurava não explorar muito, seus instintos lhe diziam que quanto mais escura fosse a roupa, melhor. Usou a pochete de pano que a empresa aérea lhe dera de brinde para levar o passaporte, a carta do juiz que lhe permitia embarcar sozinha, e duas cartas assinadas, uma por seu pai e outra, feita em Genebra mesmo, por sua mãe. Acrescentou o que lhe restava em dinheiro e o cartão de débito. Era um calhamaço, mas, quando fechou a calça por cima da pochete, sentiu-se mais segura. Depois prendeu os cabelos num rabo de cavalo, calçou os tênis, agarrou uma jaqueta jeans e descendo até a cozinha.

Shiaka estava terminando de fechar uma mochila cheia. Maria estremeceu, dando-se conta do longe que estava do Brasil. Ele apalpou o bolso fechado por zíper da jaqueta que usava, comprovando que o pendrive estava a salvo.

– Vamos – comandou, pondo a mochila nos ombros e saindo pela porta de trás. Maria o seguiu. A brisa fria do anoitecer tocou-lhe os cabelos enquanto caminhavam até um portãozinho nos fundos do terreno.

PADRÃO 20: A AMEAÇA DO ESPAÇO-TEMPO

– Vai deixar as luzes acesas? – ela indagou quando atravessaram o limite da propriedade, parando do outro lado da cerca. Quase todas as janelas do andar térreo estavam iluminadas. Maria colocou a jaqueta devagar.

– Se houver alguém vigiando a casa, vai pensar que ainda estamos lá. Dentro de doze minutos, os detetores de movimento irão informar ao computador da casa que não há ninguém, e então ele começará a desligar as luzes uma por uma, com um intervalo de três minutos entre cada desligamento. Isto vai nos dar mais ou menos...

Um carro entrou pelo *Chemin de Maisionnex* a toda velocidade, com os faróis desligados, interrompendo o rapaz. O veículo mergulhou de cheio no portão da entrada de carros da casa, explodindo a madeira velha em várias direções e parando ao lado da porta da cozinha pela qual tinham acabado de sair. Alguém desceu e correu pelo gramado, atirando alguma coisa para dentro das janelas. Depois voltou e embarcou no carro, que arrancou com a mesma violência da chegada.– O que... – começou Maria enquanto o carro dava ré e sumia para o outro lado do campo, seguindo rumo ao norte e se perdendo na escuridão crescente.

No instante seguinte, alguma coisa dentro da casa se abriu numa rosa vermelha e quente. Os dois se jogaram no chão, enquanto a maior parte das paredes voava pelos ares, arremessando pedaços de madeira, telhas quebradas e nacos de tijolos em todas direções. Quando tudo terminou, Shiaka agarrou o pulso de Maria e a arrastou para

longe. Os dois correram, tropeçando em tufos de terra e nos próprios pés, até chegarem a uma trilha de terra clara e seca que se estendia pelos fundos de várias propriedades. Seguiram por ela até chegar a uma estrada secundária onde pararam, ofegantes, e espiaram para trás. O fogo já estava sendo apagado pelos bombeiros do próprio CERN, cujos faróis coloridos feriam a noite que caíra por completo. Sirenes e buzinas se faziam ouvir. Mais para a esquerda, dava para ver o Globo, meio iluminado.

– Meu pai! – murmurou Shiaka num soluço. Pegou o celular que começara a vibrar, mas Maria agarrou o aparelho e o desligou.

– Você está doido?

– Meu pai vai achar que estou morto! – gritou o jovem.

Maria replicou:

– Se você não raciocinar como o cara que me salvou hoje de manhã, estaremos mesmo!

O jovem a fitou e, na escuridão crescente, a garota só conseguia ver-lhe bem o brilho dos olhos e a silhueta de tranças coloridas.

– Você não vai atender o celular, nem ligar para o laboratório! Vai nos levar até lá. Se você atender o telefone, o pessoal que explodiu a casa vai saber que escapamos e vai voltar. Eu não quero que eles nos encontrem aqui, no meio do nada! – ela gritou sacudindo-o um pouco.

– Como é que é? – ele se perdeu.

– Isso é coisa da Ciência Divina, certo? – ela perguntou.

Ele se irritou e a afastou:

– Você tem alguma dúvida?

Maria balançou a cabeça.

– É claro que não. É muita coincidência Jean-Michel ter anunciado para todo mundo na sala de controle que tinha encontrado um padrão e ser morto algumas horas depois. E, quando os caras que o mataram descobriram que ele não estava com o pendrive, vieram atrás do sujeito com quem ele tomou um café hoje à tarde, enquanto conversaram por quase meia-hora!

Shiaka piscou algumas vezes.

– O que está dizendo? – indagou num sussurro.

Ela respirou fundo antes de dizer:

– O óbvio: se o atentado é uma ação da Ciência Divina, eles têm alguém infiltrado no CERN. Só assim poderiam manipular os buracos negros. O CERN é o único lugar onde estaremos seguros agora. Ou você acha que essa sua carinha bonita ia passar desapercebida por aí? Eu não conheço muita gente que usa os cabelos trançados com cordões roxos, sabia?

Shiaka olhou para o ponto onde a estrada sumia, à oeste. No silêncio, as sirenes pareciam ainda mais altas. Quando ele falou de novo, Maria achou que sua voz estava diferente, mas o que se poderia pedir a um sujeito que acabara de perder sua casa?

– Muito bem. Então vamos andando, porque teremos uma boa caminhada pela frente. Vamos dar uma volta entre as propriedades e tentar chegar ao laboratório pela outra guarita.

    Começaram a andar sem olhar para trás. Caminharam algum tempo em silêncio, rumando para o norte e metendo-se entre duas áreas de terra arada. O céu era luminoso de estrelas e se podia admirar o alto das montanhas. Mais adiante, o campo se vestiu de algo que, sob a lua crescente, parecia prata. Chegaram à estrada, andando em direção a outro cruzamento, e dali em direção às montanhas e à sombra de algumas árvores. Maria tinha de se esforçar para acompanhar as passadas largas de Shiaka e nem o peso da mochila parecia diminuir seu ritmo. "Pois sim", ela pensou, lembrando dos enfermeiros que os tinham liberado naquela manhã, "pequenas caminhadas e exercícios leves!... Se houvesse alguma coisa errada com a gente, já teríamos caído duros!"

    Distraída, não percebeu que ele tinha parado e chocou-se em cheio na mochila. Tinham saído alguns passos da estrada, atravessando um espaço de grama maltratada.

    – O que houve? – ela perguntou, preocupada. Ele suspirou, largou a bagagem e puxou de lá uma coisa estranha, um troço que parecia um celular antigo. Não, parecia outra coisa. Um namorado da sua mãe tinha um treco como aquele... um barbeador elétrico.

    Shiaka estava lhe apontando um barbeador elétrico?!

    – Está bem, chega de encenação – ele murmurou com a voz fria. Céu estremeceu, assustada. "É ele o cara da Ciência Divina" pensou em pânico. E depois: "Não, que bobagem! Se fosse, Jean-Michel não estaria morto! O grupo teria o pendrive e ninguém teria se ferido".

– Você faz parte, não é? – ele seguiu. – Você é da Ciência Divina.

A acusação era tão absurda, que Maria do Céu quase respondeu "não, que droga, sou do Internacional de Porto Alegre!"

– Que ideia mais idiota! – ela resmungou, tentando retomar a marcha. Shiaka deu um passo para trás e a coisa na mão dele zumbiu baixinho. Uma chispa escapou, e Céu compreendeu o que era aquilo.

Um *taser*! Ela pedira um para a sua mãe, uma vez, dizendo que a arma elétrica seria útil num caso de assalto. Sua mãe dera uma risada e lhe comprara um vídeo-game melhorado. Mesmo assim, de vez em quando ela especulava sobre o assunto na rede. Sabia para o que estava olhando:

Para uma arma que podia lhe dar uma descarga de 50.000 volts, brincando.

11. Escuridão[9]

Maria respirou fundo.

– *Olhaqui*! Você pode apontar essa coisa para outro lado? Está me deixando nervosa – ela murmurou em português, sem se dar conta.

– *I don't speak portuguese* – ele respondeu friamente.

– Certo. E nem eu sou uma espiã ou coisa que o valha – ela conseguiu responder em inglês.

– Você telefonou para o seu contato e disse que o pendrive estava comigo – ele acusou.

– Eu telefonei para a minha mãe! E a ideia foi sua!

– Como posso ter certeza? Não falo português! Não compreendi o que vocês conversaram!

---

9 *Darkness*, André Carneiro, 1973.

Céu o encarou tanto mais irritada quanto as palavras iam fazendo sentido.

– Você ouviu... o meu telefonema?

Ele balançou a cabeça, confirmando.

– O terminal do computador que eu liguei quando chegamos é uma espécie de central – explicou. – Registra tudo o que acontece na casa. Quando você fez a ligação, a chamada passou pela CPU e o alto falante estava ligado. Quando desci, ouvi que você falava com alguém.

Ela cruzou os braços para parar de tremer.

– Você é o sabichão mais enxerido que conheço – resmungou em português mesmo, sem se preocupar se ele ia entender.

– Era bom demais para ser verdade, uma garota bonita e legal, interessada no assunto na medida certa. Você faz parte desse grupo de fanáticos que matou Jean-Michel – ele acusou, a voz amarga e dolorida. – E vocês mataram a minha mãe.

Maria respirou fundo. Ele estava realmente no limite e ela não tinha para onde fugir. Havia uma árvore à sua esquerda, mas ela não tinha certeza de sua superfície e *le parkour* não era uma coisa para se fazer no escuro.

Sobretudo alguém que nunca tenha feito isso antes.

Antes que conseguisse tomar uma resolução, Shiraka disparou. Os dardos passaram há centímetros do seu ombro e ela ouviu quando ele soluçou. Deu um pulo para o lado e correu para a árvore, com o rapaz no seu encalço.

Não sabia como ele podia ter errado o tiro àquela distância, mas não tinha tempo para especular o assunto. Viu um galho baixo e virou-se, ao mesmo tempo que saltava. Agarrou o galho e levantou-se para bater com os dois pés no peito dele, lançando-o para trás. No mesmo instante, ela ouviu um estalo e o ramo se quebrou. Maria caiu no chão, de mau jeito, batendo o ombro com força. Ouviu o motor de uma moto muito longe e conseguiu sentar, respirando mal. De repente, Shiaka estava ao seu lado, puxando-a contra o tronco, do lado oposto à estrada. Ele fechou sua boca com a mão, porque achou que Maria poderia denunciá-los e se escondeu na sombra. A garota mordeu-lhe um dos dedos, porque ele estava fechando também seu nariz e estava difícil de respirar. O rapaz sacudiu a mão em silêncio e os dois se olharam, zangados, mas então a motocicleta saiu da estrada devagarinho e ambos se pressionaram contra o tronco. O motor ficou em marcha lenta e ouviram passos andando depressa até a mochila caída e o *taser* jogado ao lado. Depois ouviram que alguém revirava a mochila e esmagava algo – talvez um celular. Finalmente, a voz de Cosmo soou na escuridão:

– Shiaka? Você está aí?

O rapaz abriu a boca para responder, mas foi a vez de Maria fechar-lhe os lábios com as duas mãos, sacudindo a cabeça com força. "Não confie em ninguém até chegarmos ao laboratório!" ela queria dizer, mas não teve coragem de falar. Em todo o caso, era tarde demais. A silhueta do pesquisador surgiu à luz da lua.

– Fica muito difícil de responder?

Shiaka livrou-se das mãos de Maria e fez menção de avançar mas então parou estarrecido.

Havia um ponto de luz vermelho no seu peito. Uma mira laser.

Cosmo apontava-lhe uma arma, mas não era uma pistola elétrica. Era uma automática, de balas de chumbo. Shiaka recuou um passo, pressionando Maria atrás de si.

– Como... como me encontrou? – indagou.

– Nossa, cara! Você nunca tinha ouvido falar em GPS no celular? – zombou o grego. – Cadê a brasileira?

– Ficou na casa.

– Não seja bobo, eu vi as marcas dos tênis dela no chão. Onde ela está? – levantou a mira até focar o pescoço dele. Maria ouviu-o ofegar. – Não estou a fim de perguntar de novo.

Shiaka voltou a pressionar Céu, mas desta vez ela deslizou para o lado e encarou o grego. Cosmo sorriu de novo.

– *Kalinychta*[10]*, María* – disse.

Nessa altura, o celular de Cosmo tocou e ele o atendeu depois que se assegurou que ambos não iam se mover.

– Ah, oi Svetlana... Estou no *Chemin des Arbéres*... não, não encontrei ninguém. Vou continuar procurando. Vamos, não fique assim... Ligo se achar algo.

---

10 Boa noite em grego.

Desligou. Olhou para o rapaz, ao mesmo tempo em que Maria sentia a mão de Shiaka fechar-se em torno da sua.

— Ela está em prantos. Todo mundo acha que vocês morreram na explosão. Vou ficar satisfeito em poder consolá-la quando encontrar o corpo de vocês aqui junto da árvore — na ausência do seu noivo, estou seguro de que ela ficará feliz em ter um ombro amigo.

Ele suspirou teatralmente.

— Pobre Sveta, as pessoas acham que ela é uma mulher sem sentimentos, mas qualquer um que conheça um russo, sabe que ele é só emoção!

A mira da pistola se deslocou para o peito de Maria. Foi a vez dela ofegar.

— E agora, meus caros, onde está o pendrive?

— Está comigo — retrucou Shiaka. — Mas se quiser que eu entregue, vai ter de deixar Céu ir embora.

Cosmo balançou a cabeça para cima e para baixo.

— Você não está em condições de negociar — observou, movendo a mira da arma outra vez.

— Corre! — gritou Shiaka, empurrando Maria com força. Ouviu-se uma detonação e um grito, mas, no instante seguinte, a brasileira tinha disparado rumo à mochila cujo conteúdo estava todo espalhado pela estrada. O celular de Shiaka, de fato, estava inutilizado, mas a *taser* ao lado dele, não. Maria agarrou a coronha do eletrochoque e deu uma guinada para a direita, atropelando Cosmo, que vinha logo atrás dela. Maria olhou para a ponta arma e achou que estava estragada – os fios dos eletrodos não estavam mais conectados à ela – e fez um gesto para jogá-la em Cosmo, mas nesse instante o grego a alcançou e os dois rolaram pela estrada de terra. Sem pensar no que fazia, a garota empurrou a arma com força contra ele e apertou o gatilho.

 A descarga atingiu os dois violentamente. Maria sentiu a dor se espalhar por todo o corpo e encolheu-se na posição fetal quase de imediato. Quando enxergou Cosmo, viu que ele estava caído, inerte. Ficou olhando para o corpo deitado, sem conseguir se mexer ou pensar, até que sentiu alguém a sacudindo de leve.

 – Céu! Céu! Você está bem?

 Ela olhou para Shiaka e ele a abraçou com força.

 – Por favor, me desculpe! Me desculpe, eu sinto tanto! – ele soluçou no ouvido dela.

 – Meus pés estão dormentes – elas murmurou à beira das lágrimas.

 – Olha só, isso já vai passar! É por causa da descarga – ele conseguiu dizer.

 – Você está ferido no ombro.

 – Foi só um arranhão. Nem dá para sentir. Venha, vou ligar para a Sveta mandar um carro.

 Maria agarrou o braço dele e o puxou contra si.

 – Eu matei um homem – gemeu e começou a chorar contra o peito dele. Shiaka riu e murmurou:

 – Era um *taser* e já tinha feito um disparo. Graças a Deus que desviei no último instante! Não tive coragem!

Em todo caso, você não matou Cosmo, só o atordoou, mas se não tomarmos uma atitude logo, ele vai se refazer e vai começar tudo de novo.

Shiaka levantou-se e aproximou-se do grego. Amarrou as mãos dele o melhor que pôde, com as tiras da mochila, depois revistou seus bolsos, até encontrar o celular. O disparo elétrico tinha acabado com a maioria das funções do aparelho, mas Shiaka trocou algumas peças do seu telefone pelas do dele e em seguida a ligação foi feita. Svetlana atendeu e o rapaz teve algum trabalho para conseguir falar e explicar onde estavam. Depois que desligou, caminhou para junto de Maria e sentou-se ao seu lado, de olho em Cosmo. O cartucho dos eletrodos usados da *taser* estava jogado do outro lado da estrada. Shiaka achou que o grego devia ter destacado a ponta da arma, pensando que assim a inutilizava, mas na verdade a tinha deixado pronta para funcionar no modo contato.

Não demorou muito para os carros aparecerem. A camioneta branca com o logotipo do CERN nem tinha parado direito quando Svetlana saltou e correu para Shiaka. Ela parou a dois passos dele e observou em silêncio, pálida, as olheiras azuladas ao redor dos globos cristalinos que eram seus olhos. Maria percebeu que ela tinha chorado.

– Viu? – ele perguntou para a russa, enquanto se levantava. – Eu disse que estava bem.

– Você está sangrando – ela acusou, apontando para o ombro dele.

– E você está descabelada – ele zombou.

– Peste – ela sussurrou e o abraçou com força. – Você se parece tanto com a sua mãe!

– Tá doendo! – ele reclamou baixinho. Svetlana deixou-o e voltou-se para Maria. Passou os dedos pelo rostinho sujo da brasileira com suavidade. Não é que Cosmo parecia ter razão? Svetlana tinha mesmo um coração humano por baixo daquela pele perfeita e dos olhos de porcelana. Os seguranças estavam reanimando o grego, e ele gemia de dor e desorientação. Shiaka aproximou-se deles, contando para o chefe da segurança boa parte do que tinha acontecido.

Mas não tudo, percebeu Maria, como se envolta de uma névoa gelada.

– Venha, *Masha* – disse Svetlana abraçando a brasileira. – Vou levar você para a minha casa: você vai tomar um banho, tomar um *shokolad* com canela bem quentinho e dormir feito uma *devushka* pequena.

Maria não entendeu a metade do que ela falou, o inglês com sotaque eslavo misturando o russo e carregado pela emoção, mas sorriu. A secretária virou-se e então viu os seguranças algemando Cosmo.

– Mas... o que é isso? – indagou.

– Foi ele que atirou em Shiaka – resumiu Maria. O semblante da russa contraiu-se de susto.

– Isso é verdade? – ela indagou para o rapaz. Shiaka concordou.

– Cosmo é da Ciência Divina. Dá para acreditar? – perguntou zangado.

A russa levou a mão aos lábios e encarou o colega de trabalho chocada, as lágrimas escorrendo de seus olhos. Cosmo olhou para ela com uma expressão carregada.

– Desgraçado – murmurou a secretária baixinho. – Coitado do professor Kimbabue... sua própria equipe! Pobre Sílvia... um amigo! E virou-lhe as costas, enquanto os outros o levavam.

Maria segurou o braço de Shiaka, procurando amparo.

– Sílvia era a sua mãe?

– Era – ele murmurou abraçando-a com o braço são.

12. Alguma coisa no céu[11]

Svetlana conseguiu colocar os dois na camioneta, depois que o braço de Shiaka foi medicado e que ela havia tranquilizado o professor pelo celular. Mesmo assim, o homem insistiu em ver o filho imediatamente.

– Bem, pelo menos desta vez ele está agindo como um pai normal – ela observou para si mesma ao sentar na direção do automóvel, dispensando o motorista. Ao dar a partida, viu que os dois a encaravam, Shaika com uma expressão séria e Maria, surpresa. Sorriu um pouco, amenizando o comentário. – A verdade é que o Dr. Kimbabue teve um dia do cão, hoje. Foi do céu ao inferno em questão de meia hora, depois voltou ao céu e agora... coitado.

– Como assim? – quis saber a brasileira.

---
11 *Alguma coisa no céu*, Marien Calixte, 1985.

– Pela manhã, conseguiu isolar e manter o buraco negro na Caixa de Pandora. Meia hora depois, tivemos aquele problema com a fissura. Eu nem avisei ele de toda a encrenca, mas quando ele ficou sabendo que você tinha sido vítima de contaminação quântica, Shiaka, quase fui despedida!

O rapaz olhou para fora.

– Muito melhor do que basquete... – murmurou, sorrindo um pouco.

– À tarde, tudo estava indo bem – ela continuou – até que o chamaram para a reunião no escritório do projeto. Teremos de enfrentar processos por causa dos estragos causados pelo Rex e temos um conselheiro da administração exigindo o desligamento do Projeto Epimeteu e do LHC, afirmando que a coisa toda não só é cara, como é também perigosa. A diretoria está inclinada a dar-lhe ouvidos, pelo menos no que se refere ao Epimeteu. Mas a pressão pode subir mais. O assassinato de Jean-Michel já é notícia internacional. Coitado de *le pettit enfant*!

Shiaka e Maria entreolharam-se. Ele apalpou o bolso onde tinha guardado o pendrive para certificar-se de que ele continuava ali.

– Será que Cosmo era o único membro da Ciência Divina no laboratório? – Maria indagou quase para si mesma.

– Duvido! – comentou o rapaz. – Deve haver mais infiltrados no LHC, senão não teríamos tido a fissura de hoje à tarde.

– Como assim? – ela indagou.

– Você não lembra? Quando Jean-Michel quis conversar com meu pai, Cosmo se aproximou de nós. Isso quer dizer que ele não estava junto do equipamento de controle e que não pode ter forçado o decaímento da singularidade que deve ter se formado e gerado o evento no Vesúvio. Eles devem ter pelo menos mais um sujeito por lá.

– Do que você está falando, Shiaka? – indagou a loura, curiosa. O jovem voltou-se para ela e contou rapidamente sobre a conversa que tinham tido com Jean-Michel, e as conclusões a que o francês tinha chegado. Maria olhava distraída para fora. Svetlana estava seguindo devagar pela estrada, cruzando com algumas camionetas do CERN.

De súbito, um jato fúccia varou a terra, as construções, e subiu, rápido e opaco, para o céu.

– Ali! – Maria apontou para a frente. – Pare o carro! Pare o carro!

Antes que Svetlana tivesse parado de todo, ela já tinha aberto a porta e corria pela estrada, olhando para o ponto no céu onde o lampejo compacto, muito mais largo e poderoso do que o daquela tarde, desaparecera. A calma noite suíça continuava flutuando ao seu redor com um sussurro de brisa. Aos poucos, percebeu que ouvia o ruído da *Route du Meyrin*.

– Mas o que foi isso?! – protestou Svetlana aproximando-se.

– O que você viu, Céu? – perguntou Shiaka olhando para cima e tentando vislumbrar alguma coisa. Um avião ganhava altitude, decolando do aeroporto e outro se preparava para aterrisar. Nada justificava a atitude de Maria.

— Aquele jato rosa choque, de novo — ela comentou num fio de voz, sentindo um arrepio de pavor. — Era muito maior do que o de hoje à tarde, muito mais... potente.

Shiaka a encarou por um momento.

— Você consegue ver os disparos que causam as fissuras do espaço-tempo, não consegue? — perguntou num sopro. — É isso o que você vê. Talvez esteja relacionado aos registros estranhos do seu hipotálamo.

Maria fez uma careta.

— Como poderia ser?

— Ainda há uma singularidade guardada no CERN — ele respondeu pensativo.

— Do que vocês estão...? — quis saber Svetlana, mas o celular a interrompeu. Ela atendeu irritada: — *Da*[12]*?*

Depois houve um silêncio admirado. A boca dela fez um "oh" de susto e ela desligou com uma palavra breve. Fechou o aparelho e olhou para os dois.

— Preciso voltar imediatamente ao laboratório. A Caixa de Pandora se rompeu. A singularidade que seu pai tinha estabilizado se perdeu. Vocês têm de vir junto.

Ela voltou para o carro, apressada, seguida dos dois. Quando tinham fechado a porta, a russa virou-se para Shiaka, tentando um sorriso.

---

12 *Sim*, em russo.

– A singularidade era semelhante a que trouxe o T-Rex para Genebra. Tinha um pouco menos de potência. Se Jean-Michel estava certo, o que acha que vai aparecer desta vez? Eu aposto em um Triceratóps. Acho eles engraçadinhos – brincou.

Shiaka deu uma risada cansada.

– Ah, Sveta! Eu voto num Velociraptor. Se é para termos uma encrenca, que seja pra valer!

Quando o carro arrancou, Maria, encolhida no banco de trás, lembrou o que significava *velociraptor*: ladrão veloz.

Sem querer, estremeceu novamente.

***

No que restava do laboratório que tinha abrigado a Caixa de Pandora, alguns equipamentos soltavam fagulhas, embora o resto estivesse mergulhado nas sombras mal iluminadas pelos holofotes do pessoal da manutenção, que tentava colocar alguma ordem entre os computadores destroçados. A câmara que antes estivera separada dos controles pelo vidro grosso estava às escuras, a Caixa de Pandora partida em duas metades, e os cacos de vidro espalhados pelo chão.

O longo abraço entre pai e filho foi ali, no meio daquele caos. Maria percebeu que Sveta olhava ao redor com uma expressão desanimada.

– Pai... eu nem sei o que dizer – murmurou o rapaz.

– Nada. Você está bem, a pequena Maria está bem e isso é tudo – murmurou o cientista, beijando a face do filho. Mas seu olhar desconsolado dizia muito mais: falava do trabalho que tinha sido comprometido.

— Pensei que não havia maneira de a singularidade provocar uma explosão — disse Svetlana num suspiro.

— Não foi ela que explodiu, foram os resistores. Singularidades não explodem, se consomem — respondeu Narhari levantando um DVD quebrado. — Ainda bem que os dados são salvos na nuvem de dados do CERN. De acordo com o que sabemos, os resistores receberam subitamente um incremento de energia. A carga foi demais. Mal deu tempo para evacuar as pessoas que estavam no laboratório e tudo veio abaixo. Sem energia para sustentar os supercondutores, o casulo se rompeu. O sistema de segurança forçou o decaimento da singularidade, e perdemos o buraco negro.

Suspirou de novo.

— Sinto muito, professor, o nosso Nobel de Física vai ter de esperar mais um pouco.

"Será que é ele o comparsa de Cosmo?", pensou Maria ao ver-lhe a expressão. Nem parecia o sujeito que discutia com o físico quando entrara na sala de controle do LHC naquela tarde. Mas Narhari podia ser um bom ator.

O professor suspirou e passou o braço sobre os ombros do filho.

— Venha, vamos para casa. Svetlana ofereceu um lugar no seu sofá para nós esta noite — murmurou o homem deprimido. — Amanhã a gente vê o que dá para salvar. Sem dúvida, o que conseguimos coletar de dados hoje, durante o dia inteiro, deve dar para embasar as pesquisas sobre o assunto pelos próximos anos.

Shiaka acompanhou o homem, mas quando seu olhar se cruzou ao de Maria, ela soube:

Quem fizera aquilo também tinha acesso a setores mais importanes do laboratório.

– Você pelo menos poderia pedir à segurança para fazer uma busca em regra? – sugeriu o rapaz enquanto subiam pelo elevador. – Vai que alguém está nos sabotando...

O físico sorriu. A porta automática se abriu, e o grupo passou para o corredor do centro de controle.

– Sabotagem? – o homem indagou. – Você anda jogando muito videogame ultimamente.

Shiaka irritou-se. Parou no meio do corredor, e Maria sentiu a pressão subindo rapidamente.

– Tenta raciocinar comigo, pai! – ele se desesperou. – Nas últimas horas, explodiram a nossa casa, assassinaram Jean-Michel e tentaram matar a mim e à Céu! O senhor ainda acha que a explosão no laboratório foi um acidente?

Kimbabue também parou, uma centelha zangada se acendeu nos olhos dele.

– Você pode dizer o que quiser, menino, mas a equipe é inatacável! – rebateu o homem. Aquilo doeu até em Maria. Ela juntou-se ao rapaz.

– Isso não é justo! Foi Cosmo quem atirou no seu filho! – ela protestou. Kimbabue voltou-se para ela o mais tranquilo que pode:

— Tenho certeza de que foi tudo um mal entendido. Quando eu conseguir falar com ele, vai ficar tudo claro.

Shiaka puxou a garota.

— Deixe para lá, Céu, nunca foi diferente. A equipe sempre tem a preferência – ele disse, amargurado. – Deve ser por isso que a minha mãe andava falando em divórcio antes daqueles malucos acabarem com ela!

A bofetada soou alta no corredor. Maria encolheu-se como se tivesse sido com ela, mas o rapaz mal moveu o rosto. Sveta se interpôs entre os dois.

— Meu Deus, já chega! – a moça pediu. – Amanhã falamos sobre isso!

Então, alguém passou correndo por eles e subiu as escadas, ignorando o elevador, como se mil demônios o perseguissem. Maria teve uma clara sensação de *déjà vu*: tinha sido exatamente assim pela manhã, antes de tudo se transformar tão rapidamente. Depois, o silêncio voltou.

— Vamos para casa – disse Svetlana, passando o braço pelo ombro do professor. O homem baixou a cabeça. No elevador, tentou se desculpar:

— Meu filho, eu... lamento... eu... – ele começou, mas o rapaz o cortou friamente, olhando para o outro lado.

— Esquece, pai.

O celular da russa tocou no mesmo momento em que saíram do elevador. Ela afastou-se um passo ou dois com um suspiro irritado para atender a chamada, enquanto o professor conversava rapidamente com os dois seguranças noturnos no balcão da recepção. Maria ouviu quando a secretária comemorou com um sorriso animado:

— Sacha!

Céu olhou para Shiaka e ele tentou sorrir.

— O nome, mesmo, é Alexsander. É o noivo dela — explicou. — Bom sujeito. A verdade é que está fazendo falta por aqui.

Maria piscou, atrapalhada.

— Noivo? Mas eu achei... achei que você e Sveta....

Shiaka olhou para ela intrigado.

— Deixa para lá — ela murmurou, pensando que não era um bom momento para dizer-lhe que passara o dia pensando que ele estava namorando de verdade a secretária do pai.

Então Sveta fechou o celular e ficou algum tempo encolhida sobre o aparelho.

— O que aconteceu Sveta, Alexsander está bem?

A russa levantou a cabeça muito pálida. Ela tinha a pele de porcelana, mas aquilo já era exagero!

— Temos uma nova fissura no espaço-tempo. Deus, eu até tinha esquecido disso! — ela sussurrou.

— O que foi dessa vez? — quis brincar Maria. — Um brontossauro de biquíni em Copacabana?

Sveta olhou para ela e repuxou os lábios. Foi meio assustador.

— A sua garota leva jeito para a coisa, Shiaka — comentou suavemente. Depois respirou fundo. — Não, não é um brontossauro. Deus, como eu queria que fosse!

– Desembucha, Svetlana! – grunhiu Shiaka.

– Temos um evento do fim do Cretáceo. Aliás, eu diria que é o evento do fim do Cretáceo.

Shiaka estremeceu e se encolheu.

– Você está brincando – murmurou o doutor.

– Não, professor. Sacha estava de serviço de centro de observação. Foi ele quem detectou o fenômeno primeiro. Queriam que ele mantivesse sigilo, mas parece que o asteróide também foi detectado pelos americanos, então liberaram os telefones para uma chamada para a família.

– Asteroide? Que asteroide? – balbuciou Maria apoiando-se na russa.

– O dos dinossauros, *Masha*, o que marcou a extinção dos dinossauros – ela murmurou abraçando-a.

13. A Noite de Verão[13]

Maria colocou o fone no gancho com raiva e olhou o relógio. Tentou calcular que hora podia ser no Brasil e concluiu que talvez a mãe tivesse ido almoçar, ou estivesse em alguma reunião e desligara o celular. Não conseguia falar com ela, mas precisava, precisava tanto! Olhou para o corredor vazio à sua direita e estremeceu. Um cartaz anunciava uma apresentação de *A Criação*, sinfonia de Haydn. "Isso deve ser alguma espécie de piada cósmica", ela pensou. As pessoas estavam reunidas no refeitório, acompanhando o mapa que mostrava a trajetória e o deslocamento do asteróide. Todo mundo tinha celular e estava ligando para alguém, mas como o dela virara cinza

---

13 *The Summer night*, Ray Bradbury, in The Martian Chronicles (As crônicas marcianas), 1950.

na explosão da casa de Shiaka, Céu se via obrigada a tentar a sorte com um bom e velho telefone público. Xingou baixinho por ter esquecido o minúsculo aparelho na casa, pela enésima vez.

Foi andando, pensando onde estaria Shiaka. Talvez ele tivesse alguma ideia genial sobre como ela poderia se comunicar com a mãe. Precisava desesperadamente ouvir a voz dela.

Precisava acreditar que tinham alguma chance.

Ela lembrou: o grupo tinha se reunido às pressas no laboratório do ATLAS, que ficava no mesmo prédio onde tinham tomado café pela tarde. O laboratório era mais completo do que o do Projeto Epimeteu e havia muita gente reunida numa das salas adjacentes. Discutiam alto. A princípio, um dos cientistas tinha calculado que a fissura se fecharia em quarenta minutos, tal como fora o caso com o dinossauro naquela manhã, mas depois alguém comentou que talvez os efeitos da fissura no espaço próximo ao planeta fossem diferentes dos efeitos sobre a superfície. Narhari refez os cálculos e o resultado elevou o tempo de abertura para uma hora e quarenta. O suficiente para o asteroide alcançar a Terra.

Maria entrou no corredor que dava acesso ao centro de controle, agora deserto, e ouviu a campainha do elevador que levava ao subsolo e ao acelerador propriamente dito. Logo a porta do local se abriu e apareceu um dos técnicos do local vestindo uma camiseta do Lyon. O sujeito parecia estar com pressa e ofegava um pouco, a testa

PADRÃO 20: A AMEAÇA DO ESPAÇO-TEMPO

testa coberta de suor. Sobressaltou-se ao ver Maria, mas depois abriu um breve sorriso e lhe disse *bonsoir*, "boa noite" como se nada estivesse acontecendo. A garota teve de fazer um esforço para lembrar onde o tinha visto antes: o vira aquela tarde, no centro de controle do Epimeteu. Pensou que ele era jovem – muito jovem – para morrer. Seus olhos se encheram de lágrimas e a imagem da porta da sala de controle do ATLAS se fechando atrás do sujeito embaciou-se rapidamente. Talvez ele não soubesse o que estava acontecendo, por isso estava tão tranquilo.

"Mas há alguém por aqui que não saiba o que está acontecendo?" ela se perguntou enquanto entrava na sala de reuniões. Estava todo mundo ali, desde os serventes até alguns sujeitos do alto escalão. Em todo o complexo do CERN, a cena devia estar se repetindo, as equipes que controlavam o maquinário todas reunidas nos laboratórios, ou dispensadas, os equipamentos evacuados. A diretoria estava reunida emergencialmente, num canto, mas a maioria se ocupava em tragar cigarros e falar ao celular sem se ocupar dos demais. As duas moças que respondiam pelos ótimos chocolates quentes da cafeteria estavam sentadas perto do quadro verde cheio de cálculos e fórmulas, abraçadas, os olhos vermelhos de tanto chorar. Em compensação, os dois seguranças do Epimeteu jogavam cartas, usando uma das cadeiras estofadas como mesa. Entre eles, a aposta: de um lado, as chaves de um apartamento, do outro as de um carro. Narhari, Svetlana e o professor Kimbabue estavam junto de outros pesquisadores, calculando e discutindo teorias que para ela não faziam o menor sentido. A maioria do pessoal preferia acompanhar o esquema da trajetória do asteroide por uma tela de LCD. Outra tela monitorava os canais de notícias e os canais abertos, saltando num zapping enlouquecido promovido pelo laptop de um dos colegas de Jean-Michel, cuja tarefa era ver se alguma TV já conseguira acesso à catástrofe iminente. Shiaka não estava à vista. Maria perguntou por ele para uma das moças da cafeteria, que se levantou, enxugando as mãos no uniforme antes impecavelmente passado e cinzento; agora, todo amassado e úmido em alguns lugares.

– O filho do professor Kimbabue? Acho que foi para o terraço – ela disse.

Maria voltou pelo corredor, tentando fazer os joelhos pararem de tremer. Desceu as escadas e, finalmente, quando saiu para o espaço aberto, o ar fresco a serenou como se fosse mágica. Ela olhou para a estátua de Shiva, iluminada, a sombra gigantesca projetada contra a parede de um dos edifícios e estremeceu. Adiante, um oceano escuro pontilhado de pequenos aglomerados de luzes. À direita, a lua dominava a noite silenciosa. Era perfeito. A perfeição é irretocável. Logo, nada poderia acontecer de errado a tudo aquilo. Nessas horas, ela adorava lógica.

Shiaka estava sentado no pedestal da estátua e comia um dos sanduíches que tinha trazido. Quando ela parou ao seu lado, ele indagou, calmamente, com a boca cheia:

– Conseguiu falar com a sua mãe?

Maria balançou a cabeça.

— Ela não atendeu. Nem o meu pai. O que está fazendo aqui fora?

Ele sorriu.

— Lanchando e olhando a paisagem. Se o mundo vai virar de pernas para o ar dentro de alguns minutos, não quero passar esse tempo precioso olhando para uma tela de TV. E você?

Maria quase disse a verdade: "eu estava procurando você". Mas talvez fosse melhor esperar o asteroide cair antes de comentar casualmente: "conheci você hoje de manhã e quero que você vá me visitar. Isso não mudou, apesar do *taser* e de você ter duvidado de mim. Você não me conhece e eu quero que me conheça, para eu poder conhecer você melhor. Quero tirar fotografias idiotas com você no meu celular e mandar para todo mundo. Quero conversar horas pela internet com você... não, bobagem, quero conversar horas com você – tire a internet do meio, que só vai atrapalhar. Quero te mandar um monte de mensagens bobas e receber uns quantos torpedos me dizendo que Svetlana vai se casar e você até foi convidado para ser o padrinho de casamento – mas que achou melhor programa ficar comigo, passeando pelo Bom Fim e vendo filme ruim pela televisão. Quero ficar olhando esses seus olhos escuros feito a noite lá em cima e é melhor eu parar por aqui, ou vou terminar pensando outro monte de bobagens que vão me deixar feito um rabanete. Não gosto de rabanetes."

– Você quer um sanduíche? – ele ofereceu. – Aposto que está com fome. Por que não senta comigo? Está meio frio.

Ela concordou. "O mundo não vai acabar daqui a pouco? Então, que diferença vai fazer se eu estiver aqui fora ou lá dentro?"

– Você está com medo, Céu? – indagou Shiaka baixinho quando ela terminou se acomodar ao seu lado e pegou um sanduíche.

– Estou. Você não?

Ele deu de ombros.

– Uma noite maravilhosa, um lugar maravilhoso, uma companhia maravilhosa. O que poderia destruir a perfeição, quando ela aparece? – Shiaka sorriu, maroto encostando o braço no dela, numa provocação. Maria sorriu e o coração disparou – por uma boa razão, desta vez.

– Um asteroide tamanho família? – brincou, mordendo o lanche.

Ele torceu o nariz e passou os dedos pelo curativo no ombro direito, por baixo da jaqueta.

– Estraga prazeres – resmungou. – Vou trocar companhia maravilhosa por companhia razoável.

Ela abandonou o sanduíche e encostou a cabeça no peito dele dizendo "está frio", e ele retribuiu, passando o braço pelo ombro dela. O ombro doía, mas Shiaka não perderia aquela oportunidade por nada. Ficaram em silêncio por um longo e delicioso instante.

— Shiaka?

— O que foi?

— O que vai acontecer se o asteroide não cair? Se a fissura se fechar a tempo?

Ele riu e a apertou com carinho.

— Bom, então um bando de gente, incluindo aquele povo lá do laboratório, passou um bom tempo da sua vida olhando para o lado errado. E eu vou ficar feliz, porque passei um bom tempo olhando para o lugar certo: para o mundo e para você. E quando tudo tiver terminado, terei conseguido o seu número de telefone, sem precisar espiar na ficha de Sveta.

Maria riu:

— Quanto trabalho para isso!

— Terá valido a pena — ele retrucou.

— Bom — sussurrou ela. — Vai ver que o cara da camiseta do Lyon também pensava algo parecido. Quero dizer, sobre passar o fim do mundo olhando para uma tela.

— Do que você está falando? — estranhou Shiaka.

— Do cara com a camiseta do Lyon que estava hoje à tarde no laboratório do Epimeteu. Acho que ele é francês.

O rapaz pensou um pouco.

— Deve ser o Pierre, o *Leão Universitário*, do centro de controle. Ele é doido pelo Lyon, deve ter todas as camisetas do time. O pai dele é um dos diretores financeiros do CERN e acha que o LHC cria mais problemas do que dá resultados. Foi ele quem convocou a reunião com o meu pai hoje à tarde, dizendo que o projeto todo é uma catástrofe financeira e midiática – o que é uma ironia, porque o Pierre é o único sujeito do Epimeteu capaz de acionar o LHC sozinho.

Maria se perdeu.

– Como assim? – perguntou.

– Querida, acelerar partículas até 99,9999991 % da velocidade da luz não é como acender uma lâmpada – observou o rapaz. – Para qualquer partícula chegar ao fim do processo, é preciso passar por quatro pré-aceleradores. Só o LHC demora 20 minutos para fazer as partículas alcançarem a velocidade que precisamos. Pierre é o único de nós todos capacitado para fazer funcionar qualquer um destes aparelhos, ou mesmo a sequência deles, desde um centro habilitado para a tarefa. O ATLAS tem um equipamento recém instalado para isso e...

Ele sacudiu-a um pouco, ralhando de brincadeira:

– Acabo de descontar meio ponto da nota do seu trabalho de Física! Você não leu os artigos da Wikipédia até o fim e fui eu quem escreveu a maioria deles!

Maria riu e o fitou.

– Agora – ele quis saber, chegando um pouco mais perto – posso saber o que Pierre veio fazer na nossa conversa?

Àquela altura dos acontecimentos a resposta certa era "quem liga para isso?", e depois vinha o beijo e o mundo que acabasse, se quisesse. Mas Maria respondeu:

– É que eu vi Pierre entrar na sala de controle do ATLAS quando vim procurar por você.

Shiaka franziu as sobrancelhas.

– Que estranho!

– Por quê?

– Porque logo que foi confirmada a fissura e o asteroide, eu o ouvi pedir dispensa ao chefe do seu setor para ir à igreja. Disse que se era para esperar o mundo terminar, que fosse junto de Deus. O Pierre é um sujeito muito religioso e...

Shiaka interrompeu-se estremecendo, depois olhou sobre o ombro. Uma gritaria imensa varou o ar do laboratório. Ele abraçou Céu com força a despeito do ombro dolorido e então a porta da esplanada se escancarou e o Dr. Kimbabue gritou:

– Narhari errou por dois minutos e meio! A fissura se fechou! O asteróide já havia entrado na atmosfera terrestre quando, de repente, desapareceu dos radares e da imagem! A NASA acaba de confirmar: o asteroide desapareceu! Sumiu! O pesadelo acabou!

Maria encheu o peito para gritar um "hurra!", quando Shiaka, tão frio quanto um iceberg, disse em alto e bom som:

– Acho que o senhor se enganou, pai. O pesadelo está apenas começando.

14. A Ética da Traição[14]

Shiaka parou junto dos dois seguranças que discutiam acaloradamente. Depois que o asteróide desaparecera no nada, ambos quiseram retirar as apostas – um apostara o apartamento onde morava sua mãe e o outro o carro da filha – e ambos tinham se metido numa discussão que estava a ponto de chegar às vias de fato.

– Vocês podem decidir isso depois. Venham comigo – ele ordenou. Os homens o fitaram surpresos primeiro, e zangados depois. O professor seguiu o filho e fez um gesto para ambos, que só então puseram-se de acordo sobre alguma coisa. Narhari, Svetlana e Maria seguiram o grupo.

---

14 *A Ética da Traição*, Gérson Lodi-Ribeiro, in Isaac Asimov Magazine, nº25,1993.

— Afinal, do que se trata? — insistiu o professor, emparelhando com o passo longo do filho quando chegaram ao centro de controle. Shiaka voltou-se para ele, pensativo.

— Eu não sei se o senhor vai me ouvir — comentou num tom de voz distraído.

— Escute aqui, rapaz...

Shiaka levou os dedos aos lábios.

— Acho melhor guardarmos silêncio. Pode ser que ele esteja tão concentrado que não nos escute — murmurou.

— Com todos os diabos, quem? — cochichou Svetlana.

— Pierre, *le lyon universitère*.

O dr. Kimbabue fitou o filho como se ele tivesse enlouquecido de vez.

— E o que ele está fazendo aqui, se pediu despensa para ir à igreja? — indagou Narhari.

Shiaka apontou para a luz acesa sobre a porta que levava a uma sala pegada ao centro de controle.

— Está com o LHC em operação — explicou com uma careta. Houve um instante de silêncio. Shiaka fitou os demais com frieza.

— Provavelmente foi ele quem sobrecarregou os eletrodos que mantinham a Caixa de Pandora. Era ele quem queria nos distrair esse tempo todo — murmurou encostando na porta. Ela abriu-se subitamente, e Pierre apareceu, portando uma pistola.

Uma automática, com mira laser.

— Isto está se tornando um mau hábito — rosnou o rapaz entre assustado e furioso ao ver o pontinho vermelho da mira deslocar-se para o peito do pai.

— Ah! Vocês vieram para a minha festa particular? Eu juro que não esperava tanta gente. Mas já que vocês apareceram, vamos sentando. Deixem os celulares sobre a mesa ao lado, se me fazem o favor. Se alguém tentar qualquer gracinha, eu disparo, e não vai ser no engraçadinho, vai ser no ex-futuro prêmio Nobel, aqui.

— O que está acontecendo? — o professor estava confuso.

— O que o senhor acha que está acontecendo, dr. Kimbabue? Estou tomando o senhor como refém — ironizou o sujeito com uma risada feia. — Sentem-se, por favor, puxem uma cadeira. Em fila indiana, o professor na frente, os dois seguranças por último.

O grupo obedeceu um tanto indeciso.

— Por que está acionando o LHC sozinho a esta hora? — insistiu Kimbabue.

Pierre aproximou-se de um laptop e apertou uma tecla. O aparelho estava sobre um balcão, conectado a outros sete laptops.

— Sozinho? O senhor está brincando? Ninguém faz nada sozinho neste mundo. Mas a esta altura meus ajudantes já devem estar se pondo a salvo. Gente da minha maior confiança! Eles tiveram um trabalho e tanto para se infiltrar e acionar os instrumentos, e agora é justo que possam ver o resultado do seu esforço desde o Monte Jura. Vai ser impressionante.

– Mas o que foi que deu em você? – inisitiu Narhari, sem compreender.

– Em poucas palavras? – zombou Pierre. – Sem entrar em detalhes? O que me deu foi cansaço dessa empáfia científica, desse atrevimento humano. Dessa ousadia que não respeita nada, nem a majestade de Deus! O senhor sabe, professor, o que Ele fez quando os homens construíram a Torre de Babel?

Shiaka resmungou quase baixinho "lá vem baboseira", mas o técnico limitou-se a sorrir.

– Ele foi sutil como a brisa. Confundiu os homens. Fez com que cada um deles falasse uma língua diferente. Mas aqui, nesta Torre de Babel moderna, todo mundo aprendeu a falar a mesma língua. Esta Torre de Babel que guarda os Quatro Cavaleiros do Apocalipse!

Todos estavam perplexos, menos Svetlana.

– Eles se chamavam Doença, Comércio, Guerra e Morte. Nenhum deles se chamava "conhecimento científico". Vocês são doidos, vocês da Ciência Divina! – ela gritou lá de trás.

O tiro soou alto no centro vazio e todo mundo abaixou as cabeças.

– Sveta! – gritou Shiaka voltando-se.

– Estou bem – ela respondeu assustada esticando a mão para ele.

– Cale a boca, sua idiota, ou eu acabo com você! – rosnou Pierre furioso. Depois de algum tempo em silêncio, enquanto ele dividia sua atenção entre o peito do professor e os comandos do laptop, resolveu sentar-se numa cadeira de rodinhas.

– Desta vez – ele recomeçou num tom mais tenso – Deus vai usar outro método. Em vez de ser sutil, será drástico e impiedoso. Mostrará sua vontade através dos meus atos. E Sua vontade é que a Torre de Babel se cale, e que vocês parem de tentar provar que Ele existe com máquinas que tentam se igualar ao Seu poder.

– O que você está planejando? – indagou o professor suando frio.

– Vai formar um buraco negro capaz de engolir a Terra? – gemeu Maria, lembrando de novo as terríveis matérias que lera. Mas arrependeu-se de ter aberto a boca, porque depois de tudo o que tinha visto, aquilo soou como uma bobagem imensa.

– Quem dera – a voz de Pierre tornou-se sonhadora e suave. – Isso seria o ideal. Mas eu sou apenas um humano imperfeito... não compreendo completamente a Palavra. A aparição dos buracos negros ainda é aleatória e sua potência também. Pobres aberrações físicas... se pudessem ser controlados apenas um pouco, eu poderia usá-los... Mas como não posso, vou explodir o LHC.

Um silêncio impactante reinou no aposento depois daquelas palavras.

– Vai fazer o quê? – gemeu Narhari.

– Eu coloquei um dispositivo junto do Epimeteu, que vai detornar a coisa toda assim que o processo tiver terminado e o Epimeteu tiver acabado de rastrear os resultados. Não dá para abortar o processo, a não ser desde o computador e, é claro, não vou dar o código que instalei para vocês. O *end* do processo vai acionar vários detonadores, e o ATLAS será o primeiro que virá abaixo, e junto com ele, o depósito de hidrogênio que nos fornece a matéria prima para os prótons que usamos nos disparos. Será a primeira explosão. Depois virão as outras. O túnel deverá ruir em vários pontos, e duas bombas estão armadas para detonar junto com o sistema todo, uma em Versonnex e outra em Sergy. O dispositivo vai abrir a armadura do aparelho e deixar vazar um bocado de coisas lá embaixo. Azoto e hélio líquido a -271,30C! Tudo muito rápido e destrutivo. A verdade é que nada disso importa: o que importa é que tudo ficará registrado na nuvem de dados do CERN. Vai parecer que tudo teve a mesma origem e que o Epimeteu foi o responsável pela castástrofe. Será o fim do projeto, não apenas materialmente. Ninguém vai querer fazer uma coisa dessas de novo, nunca mais: aprisionar singularidades siderais como se fossem animais e procurar Deus em uma partícula como se Ele fosse um experimento estúpido!

– Como assim, nada disso importa? – gritou o professor, erguendo-se. – Você está pondo em risco a vida de milhares de pessoas! São dois povoados, dois países, o que você tem na cabeça, Pierre?

— Sente-se, idiota! Ou eu mato você!

Mas o professor voou para cima dele. Ouviram-se duas detonações, gritos, gente saltando para cima de Pierre, que urrava e chutava feito um animal. Por fim, conseguiram imobilizá-lo e para isso, então, já havia um bocado de gente a mais no centro de controle.

— Afastem-se! Afastem-se, droga, ele acertou o meu pai! – gritou Shiaka assustado. O grupo afastou-se um pouco – os dois seguranças levaram Pierre, que gritava palavrões e versículos da Bíblia – e Shiaka conseguiu um pouco de ar para o professor. Svetlana correu para o telefone e Maria ajoelhou-se ao lado do homem, tremendo inteira.

— Eu estou bem – ele ofegava, segurando a mão do rapaz com força. Shiaka olhou com atenção: o tiro abrira um furo à direita da sua cintura. Alguém apressou-se em colocar um bolo de tecido ali e apertar com força. Era Narhari.

— Alguém aborte o processo do acelerador! – pediu ele. Shiaka apertou a mão do pai contra os lábios, depois correu para o laptop. Mas não ousou tocar em nada.

— Precisamos da senha para desligar!– ele gritou aflito.

Narhari gemeu e levantou-se. Olhou para o corredor entre dois grupos de computadores, onde os seguranças tinham parado com Pierre entre eles. O físico andou resoluto até o técnico, mas antes de chegar até ele imobilizou-se diante do seu ar enlouquecido.

– Tente me fazer falar, geniozinho – provocou ele com uma risada meio doida. – Pode tentar. Acha que vai dar tempo?

Shiaka imediatamente levantou os olhos para o relógio digital que marcava o tempo de funcionamento do LHC. Estava zerado, e ele sentiu um ligeiro alívio.

Então os números saltaram e seu estômago se contraiu de medo. Várias telas se acenderam de uma vez, registrando o início da última fase do processo de aceleração do imenso aparelho.

19:59, 19:58. Contagem regressiva. Não havia tempo para pensar duas vezes no que fazer. Shiaka levantou-se e correu para as portas do corredor.

– Onde você vai? – gritou Svetlana agarrando-lhe a manga.

– Se não dá para desligar o LHC, talvez dê para sabotar o processo!

– Vai fazer o quê, descer? Você não pode ir lá, Shiaka, vai fritar na radiação!

– Me solta, Sveta, você está me atrasando! Libere as portas para mim. E tratem de evacuar o prédio! – ele gritou, livrou-se dela e correu para fora com Maria nos seus calcanhares.

– Onde você vai? – ele perguntou no meio da corrida, vencendo rapidamente o espaço até o Projeto Epimeteu.

– Vou com você!

— Não vai, não! – ele replicou, entrando no pequeno edifício. Maria o seguiu elevador adentro e viu quando ele apertou um dos números e depois, em um console separado, uma senha.

— Você disse que eu consigo ver as fissuras. Você consegue? Não! Se essa coisa disparar um corte no espaço-tempo eu quero estar lá! Talvez possa ajudar – Céu argumentou. O elevador se pôs a andar e Shiaka voltou-se para ela, empurrando-a contra uma das paredes.

— Não me faça pensar no que estou fazendo. Não dá para ficar lá mais do que 14 minutos com roupa adequada à radiação! Entendeu? Eu posso morrer. Não quero ter de me preocupar com você.

Maria pegou o colarinho dele e o puxou para si. Deu-lhe um beijo assustado e presunçoso, depois sussurrou:

— Nem eu, com você.

A porta do elevador se abriu e Shiaka titubeou pela última vez. Devolveu o beijo sem uma palavra, segurou a mão dela e a puxou para um novo corredor onde faiscavam faroletes de advertência amarelos. O jovem entrou em uma sala, acionando as luzes e abrindo um armário onde havia três macacões enormes, também amarelos. Ele tirou o menor deles e jogou para Céu

— Com os cumprimentos dos Estados Unidos da América – ele resmungou e pegou o de tamanho médio para si. Não era tão pesado quanto a garota achou que ia ser, mas era duro e ruim de lidar. No final, Shiaka estava antes metido dentro do invólucro do que ela, e a ajudou a vestir as botas, enquanto ela punha as luvas. Por fim, fecharam os capacetes. Ela sentiu imediata claustrofobia, e estremeceu quando ele segurou sua mão e a puxou. Havia um cronômetro marcando uma contagem regressiva sobre a porta onde ele parou para digitar um código na fechadura eletrônica, que permitiu o acesso sem maiores demoras. Maria viu Shiaka sorrir e gritar alguma coisa sobre Svetlana ser o máximo. Na porta havia um grande símbolo de radiação.

Dez minutos e dezoito segundos.

Dez minutos e dezessete segundos.

E contando.

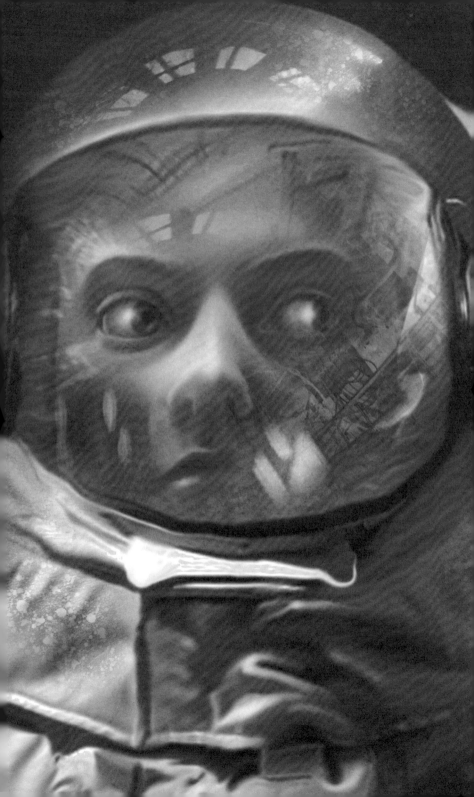

15. Horizonte de Eventos[15]

    Shiaka empurrou a porta e entrou no recinto posterior, ignorando a sirene de alerta. Céu o seguiu aos tropeções. Era difícil andar com o macacão. Os dois mergulharam por uma porta igual à anterior e meteram-se por um curto labirinto de passarelas e escadas de metal. O zumbido tinha subido a um nível assustador, e parecia que o próprio ar estremecia ao redor da garota. Passaram por um cano, onde alguém havia esquecido uma chave inglesa presa em uma corda de nylon enrolado em um gancho: a corda formava um ângulo de 90° com o cano, tensionada pela chave que flutuava apontando em direção ao aparelho meio oculto pelas passarelas e condutos secundários. O Epimeteu era uma coisa enorme e sextavada, pintada

---

15 *Horizonte de Eventos*, Jorge Luiz Calife, 1986.

de laranja. Parecia ainda maior do que era, por causa da cor, e estava dividido pelo que pareciam ser portais e janelas e por um grande friso no meio de tudo, a divisória que permitia aos portões do aparelho se abrirem para a manutenção. No centro dele, um conjunto de tubos, fios e condutos mergulhava objetiva e agressivamente, tudo contando mais de 10 toneladas que vibravam violentamente.

– Anda, Céu! – gritou Shiaka do meio de uma escada de acesso ao primeiro patamar e depois correndo para o próximo lance de escada. Maria o seguiu com os olhos cheios de lágrimas. Havia equipamentos por todos os lados, muita fiação, coisas piscando, números saltando rapidamente em contadores digitais. "Não vamos conseguir, não vamos, Sveta tinha razão!"

Shiaka havia parado, ofegante. Devia ter pensado a mesma coisa. Ele se voltou para a garota e engoliu em seco.

– Vou tentar sabotar o conduto. Se eu conseguir fazer isso, desalinho o feixe de prótons e a operação é automaticamente cancelada. Se a operação é abortada, o detonador não dispara. E salvamos o dia.

Maria sacudiu a cabeça sem entender muito bem. Indagou, mostrando o aparelho sólido como uma rocha de ferro:

– E como você espera sabotar... isso?

Ele apertou seus dedos através da luva e encostou o seu capacete no dela dizendo:

– Me deseje sorte!

Avançou para outro passadiço, que dava diretamente acima do Epimeteu, equilibrando-se precariamente. Lá no alto, o complexo vibrava tanto que era difícil manter o equilíbrio. Mas foi só quando Maria o viu arrastar-se até o centro da plataforma, diretamente acima do conjunto de canos e passar as pernas para fora da balaustrada de ferro sem titubear, que ela entendeu: ele ia saltar sobre os condutos, para tentar soltá-los. Seguiu-o, xingando, porque achou que ele estava tentando fazer tudo sozinho para mantê-la a salvo.

Era o que ele tinha em mente. Shiaka pulou sobre os canos, atingindo com toda a força que tinha uma parte menor e mais fina do equipamento.

O baque foi surdo e os condutos oscilaram. Maria, no meio da escada, titubeou quando ele esticou os braços para se equilibrar. Dois canos debaixo dele cederam com um estalo alto e imediatamente uma sirene de alarme se fez ouvir acima da que já estava infernizando o ambiente. Enquanto Shiaka fazia pressão de novo e de novo, a garota ganhou o alto do aparelho. Ele olhou para ela com um ar desesperado. O plástico do capacete estava começando a ficar leitoso em alguns pontos. O capacete dela também estava se alterando e sua pele coçava e queimava. "É a radioatividade", ela entendeu se negando a levar o pensamento adiante.

– Não funcionou? Bem feito! Onde já se viu querer bancar o herói solitário? – ela resmungou enquanto saltava no vazio para junto dele.

Desta vez, quando seus pés tocaram os canos, os olhos brilhando de triunfo, alguma coisa estalou mais alto do que quando ele tinha pulado. Maria finalmente tinha rompido alguma solda, algum encaixe que ele conseguira afrouxar. Um jato de fumaça branca saiu aos pés do rapaz enquanto eles tentavam se equilibrar. "Vamos cair daqui!" Maria pensou em pânico olhando para o portão laranja, enorme e pesado.

Então ouviu outro estalo, mais baixo e um chiado alto como o de velhos portões se abrindo.

DESALINHAMENTO DAS TRILHAS DE PRÓTONS, anunciou uma voz impessoal acima das sirenes. LHC ABORTANDO COLISÃO E REGISTRO DO FEIXE EM CINCO, QUATRO, TRÊS...

Shiaka a abraçou com tanta força que a garota perdeu o fôlego, surpresa. Podia ver o rosto dele, contraído de medo, através dos visores dos capacetes. Por cima do ombro do rapaz, ela vislumbrou a linha divisória do portão se iluminar do vermelho mais estranho que já vira. Depois a lâmina de luz foi se reduzindo enquanto mudava rapidamente para o laranja, amarelo, verde, azul celeste, azul escuro até chegar num ponto violeta escuro e vibrante, que varou a matéria, transpassou o centro do corpo de Shiaka e o dela como se não existissem. Maria sentiu frio, um frio terrível, que doía, e depois calor, e depois algo a puxou com violência. Shiaka gritou quando seu corpo foi brutalmente prensado contra o portão de metal.

E depois ficou tão escuro como
se nunca antes tivesse havido luz.

16. Perdidos no Espaço[16]

Maria? Maria!

Você está bem?

Onde você está?

Aqui!   **Nós estamos mortos?**   Claro que não.

---

16 *Lost in Space*, série de Ficção Científica da década de 1960.

Se a gente estivesse morto não ia poder pensar.
Bom, talvez você tenha se enganado.
Ah, ótimo. Era isso mesmo que eu queria saber!
 Ironia idiota, a sua!
Maria? Qual foi a última coisa que você pensou?
Eu? É.
Só digo se você também disser... foi algo meio... pessoal.
Tudo bem. Eu pensei: Os seus olhos parecem a escuridão, as estrelas da noite.
 A gente pensou isso? **Eu pensei.**

Queria pensar em algo bom. Sabia que a gente
ia morrer, e você tem olhos lindos.
Mas como é que você sabe o que eu pensei?
Como é que você sabe o que eu pensei?
Eu... não sei!
Talvez porque sejamos a mesma coisa?
A mesma coisa?
Sim. Iguais. Não sei. Mesma matéria,
mesma temperatura.

Lembro que você estava me abraçando tão forte. É como se não houvesse diferença alguma entre nós. **Hum, eu acho que tenho uma ideia de onde quando estamos.** Onde? Quando!? **Onde sempre estivemos: Aqui. Agora.** Aqui? É. **E eu acho melhor você se preparar.** Para o quê? **Vai ficar tão claro quanto são os seus olhos.**

Shiaka? **O quê?** Você já percebeu que eu tenho olhos castanhos? **Isso não importa. Vai ser assim: iluminado** como os seus olhos!

E então, em plena escuridão, em um único ponto perfeito, todas as estrelas do Universo se acenderam de uma só vez. A luz jorrou, ofuscante, e tomou tudo.

Ficou quente, muito mais quente do que qualquer ser humano jamais conseguiu imaginar. Maria tinha certeza de que estava morta – de que eles haviam morrido – porque ninguém poderia sobreviver àquele calor, nem ser banhado por aquela luz, e continuar existindo. Ela ouvia a voz de Shiaka declamando números – intervalos tão ínfimos de tempo que era impossível medir ou compreender algum deles, só calcular seu tamanho – e apenas três minutos e trinta e três segundos depois de tudo começar, a temperatura tinha caído drásticamente e todos os núcleos atômicos do Cosmos conhecido – a parte pequena – e toda a parte desconhecida – a parte maior – estavam formados.

Todos. Sem faltar nenhum.

Sem sobrar nenhum.

Agora vai demorar um pouco.

Ela não sabia se tinha pensado isso, ou se Shiaka tinha falado, ou ambos pensado mas, em todo o caso, não se importou. "Tempo", "ontem", "hoje", "amanhã", "demora", muitas palavras deixaram de fazer sentido. "Agora" era bom, e "aqui" era certo. O resto eram sons estranhos para ela e quando pensava no significado que tinham tido um dia, davam-lhe vontade de rir.

E cada vez que ela ria, a massa luminosa vibrava e mudava de forma, de movimento. Ria junto com ela.

Até que, passados 200 milhões de anos – mas "anos" era algo que não fazia nenhum sentido – as luzes começaram a se agrupar em densos e quentes pontos sobre o escuro. O calor foi se concentrando no coração das luzes, tão denso quanto elas, mas menos quente, embora ainda fosse o bastante para acendê-las e mantê-las cintilando contra o nada que era alguma coisa que ela não sabia o que era.

Estrelas.

Elas brilhavam firmes e fortes agora, fogueiras contra a escuridão latente, buscando-se como pares rodopiando em um bailado louco. Quinhentos milhões de anos e contando, fosse isso o que fosse! Elas se organizaram e formaram espirais, globulados estelares, e carrosséis sem forma. Algumas se perseguiam, orbitando ao redor de núcleos ainda mais quentes e brilhantes, outras se chocavam em violentos embates. Algumas se apagavam, silenciosas e humildes, ainda quentes, tão densas que seu coração não era de luz nem de trevas, era de metal pesado. Outras se recolhiam a uma mentirosa insignificância, para em seguida explodirem em novas Criações. E outras, ainda, se entregavam a um abraço infinito, girando uma em torno da outra, trocando material gasoso como se fizessem amor o tempo todo, amor e doação, generosa e infinita. Maria achou que algumas estrelas trocavam tanto material que se transformavam umas nas outras, para serem uma só.

Aquilo não fazia muito sentido, mas o Universo era um lugar assim, magnífico e sem sentido algum. Ou talvez era ela que não conseguia compreendê-lo.

Galáxias. Ovais, espirais, amorfas. Cintilando quasares e super-novas como jóias.

E depois as estrelas de todas as cores imagináveis e inimagináveis, que moldavam incansavelmente os núcleos, inventando a matéria, começaram a jorrar a sobra para o espaço frio ao seu redor, livrando-se da poeira de suas superfícies brilhantes, de seus interiores frenéticos. Um bilhão e meio de anos havia se passado.

Padrão 20: A ameaça do espaço-tempo

A poeira das estrelas circulava em torno das fornalhas cada vez mais fria, densa e compacta, ligando-se em corpos celestes até então desconhecidos. Eles não brilhavam. Alguns começaram a descrever longas órbitas em torno de suas estrelas, perdendo material de sua superfície quando se aproximavam delas, abrindo longas caudas no espaço sem fim. Outras giravam pequenas e escuras, errando pelos caminhos, de vez em quando se chocando com violência umas contra as outras, arrojando pedaços inteiros para o espaço – às vezes se unindo para formar corpos maiores.

O todo é maior do que a soma das partes.

Os corpos maiores – pontinhos de sobra estelar girando em torno das estrelas – estabeleceram órbitas. Apoderaram-se de rochedos que passavam perto, ciumentos; não puderam se desfazer de parte de si, possessivos. Agora eles tinham satélites.

Eram planetas! Na mira dos asteróides, na trajetória dos cometas, protegidos por seus satélites, expostos por sua ausência, coloridos, rochosos, gasosos, com anéis, sem anéis, mortos, vivos! Com atividade vulcânica que formava atmosfera, atmosfera que gerava nuvens, nuvens que choviam sem parar, chuvas que formavam mares, mares que se batiam em continentes, mares e terras que floresciam vida, plantas, peixes, anfíbios, mamíferos. O tempo todo, em todos os níveis que Maria via e compreendia, e para além daquilo que sua mente conseguia entender, a Criação e a Destruição se intercalavam num bailado sem fim, não antíteses, mas complementos, não antagonistas, mas partes da mesma coisa. Por um instante, tudo pareceu completo – e de repente alguma coisa puxou seu corpo com força na direção do mundo azul a seus pés: a Terra. – Shiaka! – Maria gritou em pânico. – Eu estou com medo! Vou cair!

– Eu também! Segure a minha mão! Segure!

Ele também a segurou. Dava para sentir os dedos dele se entrelaçando com os seus num aperto quase dolorido. Então ele sussurrou bem perto do seu rosto:

– Maria! Maria! Abra os olhos por favor, olhe para mim. Olhe para mim!

Ela entreabriu as pálpebras, cheia de medo do que veria.

Abrigado no capacete, do fundo da escuridão aveludada dos seus olhos, Shiaka a fitou de volta.

A pressão do colisor havia desaparecido e, de algum lugar, vinha uma fumaça branca que enchia o espaço. O Epimeteu estava em silêncio.

17. A Manhã Verde[17]

Quando Maria finalmente conseguiu por a cabeça no travesseiro, bem mais tarde, naquele dia, o sol já vinha nascendo por trás dos edifícios da cidade. Svetlana emprestara o seu apartamento na *Rue d'Ermenonville*, com vista para o *Bois de la Bâtie*, praticamente sobre as falésias que caracterizavam o encontro dos dois rios que cortavam Genebra.

Céu fechou os olhos e tentou dormir, mas cada vez que o fazia, as imagens do momento em que o feixe de prótons a tinha atingido voltavam, e ela tornava a abri-los, sobressaltada.

---

17 *The Green Morning*, Ray Bradbury in The Martian Chronicles, 1950.

Não gostava de admitir, mas estava com medo. Por um lado, porque tanto ela quanto Shiaka estariam sob avaliação médica pelos próximos trinta dias: o contato com a radiação tinha sido amenizado pelo traje protetor, mas a equipe estava muito preocupada com eles.

Por outro, porque não conseguia afastar tudo aquilo da memória.

Sentou-se e tentou racionalizar: em algum lugar lá fora, Cosmo, Pierre e seus comparsas estavam presos. O grupo principal da Ciência Divina estava dissolvido. O doutor Kimbabue estava bem, embora devesse permanecer hospitalizado por alguns dias. Ela conseguira inclusive falar com sua mãe! Por outro lado, ter de ficar ali por mais um mês não era ruim, afinal de contas – ia poder ficar um pouco mais com Shiaka. Não gostava de pensar que teria de voltar para casa, do outro lado do mundo e ficar longe dele.

Nem no vazio... o vazio imenso do Tempo e do Espaço... o vazio entre os átomos e a ilusão da matéria... era de arrepiar os cabelos. Se viver no outro lado do mundo já seria longe o bastante, aquela sensação de vazio e frio era atordoante. Às vezes, até respirar era difícil.

Depois de algum tempo, desistiu de dormir. Levantou-se o mais silenciosamente possível para não acordar Sveta que, do outro lado do colchão, estava profundamente adormecida. Deslizou até o corredor e pensou em ir até a cozinha tomar um copo de água, o corpo protestando de cansaço. Na altura da sala, onde Shiaka deveria estar dormindo no sofá, ouviu o volume da TV, bem baixinho. Ela espiou e viu o rapaz sentado com cara de zumbi, assistindo a um programa. Uma fresta aberta na veneziana antiga que dava para a sacada, deixava ver um pedaço da paisagem marcada pela união dos rios *Rhône* e *Arve*, um leitoso e denso; o outro, escuro e fluido. "E eu que achava que isso só acontecia no Amazonas", ela pensou. A manhã era radiosa, debruada de verde. Maria se aproximou do sofá, viu que Shiaka acompanhava um jogo de basquete.

– Orangotangos contra gorilas? – perguntou baixinho. Ele levantou os olhos avermelhados de cansaço e a fitou. Depois desligou a TV e jogou o controle remoto na poltrona ao lado.

– Também fica vendo tudo aquilo, quando fecha os olhos? – indagou.

Ela concordou com a cabeça. Tinha fundas olheiras e um ar exausto e frágil.

– E sentindo frio – completou.

Shiaka sorriu e estendeu a mão para ela.

– Eu sei como é. Sente aqui, ou você vai terminar pegando um resfriado – murmurou. Havia soltado suas tranças e os cabelos longos e ainda úmidos do banho se emaranhavam sobre os ombros. Maria deu a volta no sofá e sentou-se ao lado dele, apoiando-se com cuidado no seu abraço. Podia sentir as faixas que envolviam seu dorso. O golpe que ele sofrera quando o Epimeteu o puxara quebrara costelas e fizera alguma coisa estranha com uma vértebra, mas, tirando isso, ele parecia bem. Quando o período de observação terminasse, ele poderia fazer uma radiografia, mas por enquanto, tudo o que podiam fazer era uma avaliação superficial. Mesmo assim, quando o médico sugerira mantê-lo em observação por 48 horas num quarto de hospital, Shiaka simplesmente mostrara-lhe o dedo mais mal educado que tinha na mão e o deixara falando sozinho.

– Não é desse tipo de frio que eu estou falando – ela murmurou.

– Eu sei – ele respondeu distraído, seu braço quente e firme a puxando para si.

– Shiaka, você não disse que a radiação poderia nos matar? – ela indagou derepente.

Ele riu sem nenhum humor.

– Devíamos estar mortos agora, de fato. Todas as leis físicas afirmam isso.

– E...?

Ele ficou olhando a TV desligada. Quando Maria levantou os olhos para ele, em busca de uma resposta, percebeu que ele tinha os olhos cheios de lágrimas.

– Eu não sei. Nosso índice de contaminação é baixíssimo. Não sei explicar o que foi que aconteceu – murmurou Shiaka sem encará-la. Depois de algum tempo, voltou-lhe, finalmente, os olhos escuros. Só então sorriu.

– Céu?

– O que foi?

Ela o encarava com os olhos enormes, castanhos e luminosos. Shiaka aqueceu o sorriso. Quando ele saíra do

Padrão 20: A ameaça do espaço-tempo

ambulatório contrariando o médico, Sveta tinha reclamado: aquela sua namorada o tornou ainda mais intratável do que de costume. Ele riu. Namorada? Maria era sua namorada? Como é que a gente chama a pessoa que estava com a gente no início de tudo, quando só havia silêncio e escuridão? Antes do Universo?

Ele não tinha um nome para o que Maria significava. Encostou sua testa na dela como tinha feito com os capacetes, e sorriu mais uma vez, antes de pousar os lábios em sua boca. Desta vez, delicadamente.

– Vai ser um dia lindo – ela murmurou depois do beijo. O calor do abraço e o carinho dele tinham, finalmente, expulsado a sensação de frio.

– Vai, mesmo – Shiaka respondeu acomodando-se e olhando para fora. Aspirou o perfume do cabelo de Céu e percebeu que tudo ainda estava lá em sua pele, em seus olhos, no sangue que corria em suas veias: os planetas, as galáxias e os cometas, e as terríveis singularidades capazes de engolir mundos. Estava tudo lá, porque eles eram feitos daquilo, filhos da poeira e do suor das estrelas, e isso era magnífico e assustador, de uma responsabilidade e de uma beleza insuportáveis. A única coisa que o fazia aguentar saber de fato o que era tudo que o cercava – o ar, o chão, as árvores lá fora, a água, o céu – o que dava sentido e forma a tudo isso que conhecia como "matéria", era um pulsar dentro dele. Havia uma palavra para esse pulsar – amor? Deus? –, mas em nenhum dicionário ela tinha a dimensão que possuía de fato, então ele não lhe deu um nome. Sabia que o pulsar era tão pequenino que cabia dentro da mais ínfima partícula de matéria.

Sabia que era tão poderoso que poderia acender um Universo inteiro sem esforço algum.

IMPRESSÃO:

Santa Maria - RS - Fone/Fax: (55) 3220.4500
www.pallotti.com.br